古玩人生

之二 古玩炒手

鬼徒／著

古玩人生

之二

古玩炒手

目錄

古玩人生

第一章

拼湊的汝窯筆洗

賈似道疑惑這筆洗的顏色還是款式，
都更接近於宋代五大名窯中的汝窯瓷器。
北宋汝瓷為歷代百窯之尊，雅藏玩家夢寐以求，
甚至不惜以畢生精力來尋找一件汝瓷。
早在南宋時期，便有「近尤難得」的記載了。
民間收藏愛好者，不說完整地收藏北宋汝窯器物了，
就是持有一片汝瓷片，也是十分難得的。

搞古玩收藏的，幾乎每個人都有過打眼的經歷。尤其是一些新手，剛開始進入這個領域的時候，由於眼力不夠，常常會被老手騙，花了不少錢，買到的卻是假東西。賈似道就聽說過，有些人還能在同一個地方跌上兩三次的。

這樣的事情簡直數不勝數，哪怕名人也不例外。某電視台的一個知名主持人，就曾經自爆過被同一個贗品騙過兩次的經歷。

這個主持人搞收藏，是出自一個很偶然的機會。有一次，在他生日那天，他去長沙一名姓劉的收藏家家裏玩。另外一個朋友帶了一大堆的古玉製品請這位收藏家給鑒定一下，其中的一塊玉圭引起了他的興趣。他拿在手上反覆把玩，越看越有點愛不釋手。他的這位朋友見他如此喜歡，當即決定將這塊玉圭作為生日禮物送給他。令人意外的是，一場鑒定下來，這批古玉製品絕大部分都是靠不住的東西，行話也就是看不太準，而這塊玉圭竟然是僅有的幾件真品之一。這讓第一次接觸古玩的他喜出望外。由此引起了他對古玩的濃厚興趣。

而為了能淘到好東西，在相當長的一段時間裏，他都會起個大早去趕凌晨三四點鐘的長沙古玩市場的「鬼市」。

所謂的鬼市，意為東西有「鬼」。一是來路不明，二是假東西太多。

像臨海這樣的地方，雖然還有個小規模的古玩市場，氛圍也還不錯，但是

「鬼市」卻沒有。賈似道對於「鬼市」的好奇心是有的。卻也僅僅局限於好奇心而已。畢竟，那裏頭的東西不要說是他了，就是一些老行家也經常打眼。

正如賈似道知道的這位主持人一樣，有一次在逛「鬼市」的時候，他在一個地攤上看到一只小荷花杯，品相完好，顏色花紋極為精美。他把小荷花杯拿到手上，打開強光手電筒仔細察看，杯子的起紋、暗花都相當清晰，沒有動過什麼手腳，似乎不太像作假的東西，只是他心裏還不太拿得準。

正在他猶豫不決時，閱人無數的古玩販子開始見縫插針地說起故事來，說這只荷花杯是民國年間某某名人在景德鎮燒製的特瓷，數量極其稀少，經過戰爭幸運地保存下來的就只有這麼一隻了，絕對是孤品，那滔滔不絕的講述讓當時經驗還不是很豐富的主持人動心了，再一詢問價錢，很便宜，只要幾千塊，當即成交。

這情景，倒是和賈似道在臨海古玩市場初次出手的時候有些相像了。不過，那個主持人顯然沒有賈似道這樣的好運氣。

第二天凌晨，當他再去逛「鬼市」的時候，怪事出現了。還是在那個地攤上，竟然又出現了一隻與他昨天買的那只一模一樣的荷花杯。他趕緊上前去問個究竟。精明的古玩販子一見他，立即裝出很驚喜的樣子告訴他，自己剛巧在一個老戶人家裏又現了一隻。為了讓孤品能夠湊成一對，那位主持人咬牙買了下來。

誰知道往後的怪事接踵而至，同樣的荷花杯接二連三地冒出來。到了這時，那位主持人即便不用請人掌眼，也知道自己買了假東西了，算是交了一筆不菲的學費，而且還是在同一個「坑」上。

收藏就是這樣，交一次學費，眼睛就會亮一次。在不斷交學費之後，那位主持人的眼力也越來越好，早已非昔日的「吳下阿蒙」。而且，為了能夠進一步提高自己的眼力，他經常到湖南博物館去看一些標準器。尤其是通過他的人際關係，讓他成為了湖南博物館第一批二十幾名高端會員之一。

有了這個身分，他便可以經常參加博物館裏組織的一些活動了，能夠近距離觀看一些文物真品，乃至於還有上手把玩的機會。由此逐漸地培養出分辨古玩真偽的感覺。甚至還有機會進入考古現場，觀看出土文物。這樣的待遇，是賈似道這樣的普通人可望而不可即的。

賈似道對於這樣的機會羨慕萬分，尤其是他左手的特殊感知能力，即便還不能很好地分辨瓷器的真偽，但是，對於同一種類同一時期的古玩在手上把玩的感覺，想必再不會有人比他的感知更為精準和細膩了。

俗話說，不怕不識貨，就怕貨比貨。

賈似道覺得自己要想在收藏上有所建樹的話，接觸更多的真品是個不容忽視的問題。就像眼前的青花瓷磚，要是後世仿製出來，即便外表上看去非常逼真，只要內部的胎質差別稍大，賈似道就完全可以根據自己對這件真品的感知來判定其他的東西究竟是真是假。

「對了，太爺爺，我這裏還有一件東西，也想請您幫忙給掌掌眼呢。」賈似道一邊說著，一邊俯身拿了出來。

「呵呵，小賈，你收藏的時間不長，收的東西倒是挺多，是看準了這次機會特意帶過來的吧。」

老太爺笑了一下，隨即看似不經意地問了一句：「也是從小洪那邊收上來的？」

因為先前介紹青花瓷磚的時候，賈似道也是照實說了的。

想來以老太爺的胸懷，是不會介意賈似道的撿漏行為的。要是此事不是發生在老太爺認識的人身上，而是他遇到了，恐怕他也會像賈似道這樣去撿漏吧？

古玩收藏中，可沒有什麼同情心的說法，講究的就是一個人的眼力。

當然，像賈似道現在這樣，知道自己廉價收上來的三件東西都是價值連城的了，以後他回到臨海，對洪老太太好一點，比如請個保姆幫忙照看老太太的生活起居，也是出於對老人家的敬重。如果每一次撿漏都把利潤返還回去，那麼打眼的時候，是不是也能找賣家把錢退回來呢？

「是的，太爺爺。」賈似道答了一句，「不過，您先前提到的那個粉彩小碗，我倒是沒有見著……」

賈似道自然明白，老太爺問這句話的意圖所在。在洪老太太的家裏，他的確沒有見到那個碗，洪老太太也沒有提起家裏還有其他瓷器。也許是過了這麼多年，老太太自己也不知道那個粉彩小碗放到哪裏了吧。張老先生生前比較喜愛的傢俱，洪老太太倒是打理得不錯。

這麼一想，賈似道有些感慨起張老先生和洪老太太之間的感情了。

因為這個筆洗是修補過的，而且修補的技藝實在是粗糙，一看就知道是外行人弄的，老太爺不禁微微皺了一下眉頭。不要說老太爺了，果凍在看到這個筆洗的時候，眼睛都瞪得大大的，似乎在奇怪賈似道怎麼弄了這麼一件殘破的瓷器來？而且看賈似道的動作，還小心翼翼地當成寶貝似的。

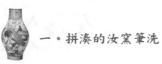

老太爺仔細地看這個筆洗之後，臉上露出了深思的神情。賈似道心裏一動，莫非還真有戲？

「小賈，你是怎麼看這件筆洗的啊？」老太爺並沒有直接說這東西是對還是不對，而是問了賈似道一句。

賈似道猶豫了一下，考慮著說：「太爺爺，我是這麼想的，這件筆洗看上去，是老東西應該是沒什麼問題了。不過具體老到什麼時候，我心裏還真是沒底兒……」

賈似道在家裏的時候，對這件碎成了六塊的筆洗認真地端詳和把玩了很久，對其胎質更是用特殊能力感知了不知道多少回，這六塊碎片是一個整體是絕對假不了的。

現在這年頭，很多作舊的商販往往會把老東西的碎片和新燒製的瓷片黏合在一起，製作為成品來出售。比如一件筆洗，只有底下的圈足是真的，其他的都是現代的。這種古玩在市場上也很常見，古玩小販會專門挑那些一知半解的新手來出售。只要一不小心，又或者鑒別的知識掌握得還不到位，就會打眼。

而賈似道卻發現，依靠著特殊能力的感知，他對於這個類型的作假很容易就能辨別出來。而且，因為這件筆洗是從洪老太太家收過來的，有了前兩件真品打底，賈似道也還是頗有信心的。

唯一讓賈似道疑惑的就是，這筆洗看上去，無論是顏色還是款式，都更接近於宋代的五大名窯中的汝窯瓷器。

北宋汝瓷為歷代百窯之尊，數百年來，雅藏玩家無不夢寐以求，爭相追尋，甚至不惜以畢生精力來尋找一件汝瓷。早在南宋時期，便有「近尤難得」的記載了。作為民間收藏愛好者，不要說完整地收藏北宋汝窯器物了，就是持有一片汝瓷片，也是十分難得的。

而且，老太爺也說過了，洪老太太的丈夫張老先生，是個喜愛傢俱的藏家。在瓷器上的收藏，不過是順帶而已，這件瓷器是北宋汝瓷的機率並不大。

這樣的一戶人家裏，如果說出了一套清宮五供還算是幸運的話，那麼，能被賈似道淘到一件汝瓷，卻實在是有些說不過去。

古玩這東西，尤其是珍貴的古玩，講究的是傳承有序，要是沒個由來，很難讓人信服。

不過，就在賈似道心裏正忐忑的時候，老太爺倒是對賈似道贊了一句：「呵呵，小賈，你的眼力不錯啊。」

老人家指了指手中的筆洗，把它放到了玻璃茶几上，才說道：「這應該是件屬於清中期的仿品，屬於粉青洗。口徑十三釐米左右，底徑大概有九釐米……」

老太爺打量了一下，說道：「形制上和北宋汝瓷很接近。施滿釉，釉色瑩潤，通體開蟹爪紋片，底部還有五個麻醬色的芝麻釘，和北宋汝瓷的『梨皮、蟹爪、芝麻釘』這樣的典型特徵十分契合。初步一看的話，還真和北宋汝瓷很相像。當然，如果你在瓷器的收藏上有了些年頭話，還是可以分別出其中一些細微差別的。」

「哦，太爺爺，那您可不可以給我具體講一下這其中的差別呢？」賈似道對於老太爺斷定這件筆洗是清仿的東西倒也沒有什麼失望，不要說是北宋的汝瓷了，就是清仿的汝瓷筆洗，對於賈似道來說，也是個不小的收穫。

老太爺說道：「呵呵，看在你捎來了老朋友的消息的份上，我就給你說說。」。

「汝窯釉色有『天青為貴，粉青為上。天藍彌足珍貴』之說。這件清仿的筆洗施粉青釉，釉色純正，泛現出神秘幽光，尤其是口沿處以及邊棱薄處。在強光下隱約可見彩虹一般的紫紅色斑，這可是很出眾的表現啊。不過，我們在看色的時候，還要經過高倍放大鏡來觀測。因為是清仿的，其內氣泡和真正北宋汝瓷還是有一些細微差別的。而且，在具體形態和韻感上，後期仿製的和北宋的汝瓷也有著一定的區別……」

老太爺甚至還手把手地拿起了管鏡，教賈似道如何辨別其中不同。一老一少對著一件破碎了的瓷器左看右看，光是胎質、釉色，老太爺就能給賈似道講上半天。而且說得還言簡意賅，讓賈似道受益匪淺。

這件筆洗即便是清仿的，其價值也頗高。老太爺問起賈似道的工作，賈似道說自己是經營翡翠原料生意的。

老太爺贊了賈似道一句：「小賈看起來年紀輕輕的，很有魄力啊。翡翠原料的經營，沒點實力和手段可不太好弄。」

賈似道只能訕訕地笑著應和。

果凍連忙問了一句：「那小賈哥哥豈不是很有錢了？」

「一般吧，混日子唄。」賈似道應了一句。

「小賈，留下來一起吃晚飯吧。」老太爺邀請道，「對了，你一個人來上海，住在什麼地方？」看老太爺那架勢，大有讓賈似道留住在家裏的意思。

不過，賈似道自己卻另有打算，留下來吃一頓飯還是可以的。賈似道收起了茶几上的幾件瓷器，重新裝回了包裏，和老太爺的對話，還是集中在收藏方面。

說起老太爺自己的收藏，比起賈似道現在的小打小鬧，要精彩得多。而且，上個世紀的時候，收藏也不如現在這般有規模，大多是需要親自下鄉去收的，又或者在古玩集市上憑眼力。收藏的書籍也不多，老太爺的知識，翻查資料是一方面，更多的卻是自己長年累月摸索出來的。

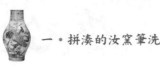

「對了，小賈，這件筆洗，你打算就這樣收著？」說到最後，老太爺建議了一句：「不管你是準備自己收藏也好，出手也好，現在這樣可不行，至少，需要找個行家來修復一下。」

賈似道點了點頭。這件筆洗現在這樣的品相，即便是他自己欣賞，也需要小心翼翼的，骨膠的黏合不太牢固，缺了的一小塊瓷片，都還沒來得及黏回去呢。

「一般情況下，瓷器的修復可以用蛋清或者蒜汁把它們黏合回去，效果很不錯，但是不能遇水。」老太爺樂呵呵地說。說起來，這筆洗的最大功用，還真就是文人寫字之後用來洗毛筆的。不過，任誰也不會奢侈到用官窯的瓷器來洗筆吧？這樣的筆洗，倒成了書房內的一種陳設了。

老太爺說到這裏的時候，看了果凍一眼，笑著說：「當然了，如果想要再方便一些，用小ㄚ頭經常用的透明指甲油也是可以的。」

話音剛落，果凍立刻把自己的小手藏到了背後。那此地無銀三百兩的動作，引來了老太爺和賈似道一陣笑。

「哼，不理你們了。」果凍撇過頭去。

「太爺爺，您看，我這也是剛入行，認識的人不多，想要自己去找修復瓷器的人也不太容易，不如您給我介紹一個吧。」賈似道說。

「呵呵，你倒是聰明得很。」老太爺看了賈似道一眼，想了一下，似乎是在考慮著介紹誰給賈似道好。如果僅僅是修復一件瓷器的話，隨便找個修補匠基本就能搞定了。剛才老太爺所說的修復方法，只是簡單的方法而已，但是，要想把一件瓷器修復到完整如初並且熠熠生輝的話，卻不是普通人能夠做到的。

賈似道的問話，也有想借此接觸老太爺的收藏圈子的意思。不然，僅僅是修復一件瓷器的話，只要賈似道願意花錢，想找到一個手藝好的工匠，並不是太過困難的事。

以賈似道現在不缺少資金的情況下，想要進一步打開自己收藏的圈子，要麼去拍賣會上大把撒錢，或者有老太爺這樣的人介紹，進入某個固定的收藏圈，認識更多的收藏者。大家彼此交流，互通資訊，收藏的東西自然就會豐富起來。

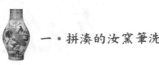

就好比有些人喜愛瓷器，有些人喜愛兵器，要是在收東西的時候，看到有其他人中意的類型，給個消息，就能多出一條路來。劉宇飛能夠全國各地去跑，就是因為他有這樣的關係網。

要是僅憑賈似道一個人的力量，哪怕是下鄉去收，又或者是在古玩市場上搜羅，接觸面就太狹隘了。想要收到自己喜愛的東西，無異於大海撈針。畢竟，像洪老太太這樣能拿出真東西、好東西來給賈似道撿漏的，實在是一件很偶然的事情。賈似道也沒指望著一輩子就靠這樣的運氣來玩收藏。

「這樣吧，你要是真有心在收藏上玩一玩的話，小丫頭有個小姨，她對於瓷器還比較在行，而且修補的手藝也很不錯。你要是有時間的話，就讓小丫頭帶你去一趟。」老太爺從沉思中回過神來，對賈似道說：「小賈，你看怎麼樣？」

「行啊。」賈似道很欣然地應了一句。

「太爺爺，您忘了，小姨去美國了，還沒回來呢。」果凍聽聞老太爺的話不禁提醒了一句，「估計要等到下個月才能回來呢。」

「那我就下個月再去拜訪吧。」賈似道應道，「反正也不急在一時。」

「也好。」老太爺點了點頭，倒是有些欣賞賈似道不急不緩的態度了。玩收藏，遇上好東西的時候，的確是需要眼快、手快，但是，在平時，講究的卻是一個人的耐心。如果天天想著撿漏，那乾脆不要接觸古玩這一行了，因為那根本就是不可能的事情。

等到果凍的父母都下了班回家，對賈似道自然也是好一番招待。

談話中賈似道瞭解到，原來果凍的爺爺這一輩人都還住在北方，老太爺膝下有三個兒子和一個女兒，都還健在。再加上孫子、孫女一輩的，以及果凍這一輩的，老太爺身骨還比較硬朗，經常會在一些後輩的家裏串串門，這一次九十大壽就安排在上海過了。這才有了賈似道此次的上海之行。

從果凍家中出來之後，賈似道在賓館裏住了一晚。本來還準備天亮之前爬起來，去一趟上海的「鬼市」逛逛呢。不過，當賈似道醒來的時候，卻已經錯過了時間。要想去「鬼市」，勢必要趕早，這讓賈似道苦笑著歎了一口氣，只能下次來上海再找機會了，他這兩天也挺累了呢。

這一趟出行，賈似道收穫頗豐，不但解決了翡翠原料的銷路問題，果凍的太爺爺這邊也建立了不錯的關係。老太爺那個擺放收藏品的房間雖然沒有讓賈似道進去瞧瞧，賈似道也不在意。

像老太爺這樣的收藏家，一般的情況下是不會把自己的藏品示人的。更何況，老太爺大多的時間住在北方。到了上海這邊，隨身帶過來的藏品一來不會很多，二來，成色恐怕也不會很好。

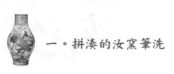

倒是老太爺無意間提起的上海某個孫姓的老人家那邊，有兩件宋朝五大名窯的珍品，讓賈似道羨慕不已。有機會的話，賈似道想著倒是可以去拜訪一下，即便不能親眼見到，能拉上關係也是不錯的。

真要說到五大名窯、元青花一類的瓷器珍品，想要在古玩市場上遇到實在是太難了。哪怕是全世界登記在冊的，也是數得出來的，哪來的那麼多珍品流落在市場上啊！

回到臨海之後，賈似道先把手頭的瓷器放回了租住的地方。起初他還有些不太放心，不過，經過一段時間，並沒有覺得有什麼不妥，賈似道不再刻意想著家中還存放著價值幾百萬的瓷器了。

回到住處時，已經是傍晚了，陳姐正在廚房裏，見到賈似道就問了一句：「小賈，這兩天去哪裏了？怎麼老不見人啊。不是回老家了吧。」

「呵呵，有事去了一趟省城。」賈似道答了一句。這被人關心的感覺，讓賈似道覺得這租住的小屋，還真就像是個溫暖的家。不過，隨著賈似道在翡翠原料上事業的起步以及在古玩收藏上漸漸入行，再這麼住在這裏，也有著諸多不便。

「小賈，你回來得正好。」陳姐接著說，「今天啊，姐炒了幾個小菜，本來是慶祝小吳生日的，結果她剛打電話過來說不回來吃了。這不，姐正準備剩下的兩個小菜不炒了呢。既然你回來了，那就再等一下，等姐做好了一起吃吧。」

「小吳生日？」

「是啊。」陳姐說，「看她早上的情緒還挺高的，也許還有什麼好事呢。」

「陳姐，人家都不回來吃飯了，你還幫著她說話。」賈似道不禁埋怨了一句。恐怕是小吳答應過回來一起吃飯，陳姐才會準備了這麼多菜吧？賈似道探頭往廚房裏一看，真挺豐盛的。有魚有肉，高壓鍋裏還在燉著什麼，正熱氣騰騰呢。而且，邊上還放著沒有煮的麵條、雞蛋、青菜，按照臨海的習俗，這就是生日時吃的長壽麵了。

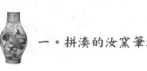

看上去陳姐花了不少心思，這樣一來，賈似道心裏對於小吳的埋怨就更多了。

「你呀，別瞎說。人家肯定是在外面有正事呢。」陳姐說，「人家小吳一個女孩家，單獨在外闖蕩可不容易。」

等到晚飯的時間，小吳終究沒有回來，倒是陳姐的丈夫回來了。這讓賈似道很好奇，莫非小商品城店鋪那邊這麼早就關門了？

也許是看出了賈似道的疑惑，陳姐笑著解釋，他們的攤位上招了個女工，是他們老家那邊的人，在臨海的台州學院讀書，趁著暑假找個工作，接觸一下社會。在老家那邊親戚的介紹下，就在陳姐的店鋪裏幫忙賣東西了。

「這倒真是個不錯的工作。」賈似道感歎了一句。別看小商品城裏的攤位上賣的是低檔次的商品，但幹上這麼一段時間，卻是挺鍛煉人的。小商品城裏，三教九流的人都有，要是沒點能力，還真不太好做生意。

「對了，陳姐，你上次不是還說過，你的兩個孩子現在放暑假了，打算讓他們到臨海來玩一陣子？」賈似道說，「如果沒有地方住的話，就住在我的屋裏吧。」

「呵呵，小賈，他們要是住在你那裏，那你怎麼辦？」陳姐聞言，有些不好意思，在陳姐看來，賈似道除非是回自己老家去，不然，倆孩子占了賈似道的房間，賈似道就要露宿街頭了。

陳姐說：「小賈，你的心意姐領了。不過，姐打算啊，既然現在攤位上有人幫手了，那姐就趁著暑假回老家一趟。」

說起來，這大半年陳姐和丈夫都在臨海做生意，從沒有回過老家。就是過年那會兒，陳姐一個人回去過幾天，隨後又匆匆地趕回來了。畢竟，過年是生意最忙的時候。

像陳姐這樣的生意人，一年之中大部分時間裏，很難見著自己的孩子一面。要是帶著孩子到臨海這邊讀書，不要說跨學區的費用很難承受得起，光是在身邊要帶著倆孩子，說不定就影響到生意了。

「我現在還不知道陳姐你老家是哪兒的呢。」賈似道見陳姐要回去，也就不再提住房的問題了。

「姐還以為你早就知道了呢。」陳姐先是白了賈似道一眼，她的丈夫劉軍華就坐在邊上看著陳姐和賈似道打趣，和善地笑著，他是很忠厚老實的一個人。

「姐和你姐夫都是臨安那邊的人，你要是有空的話，可以去我們那邊玩玩。順道還可以去去千島湖或者黃山呢。」陳姐笑著說。

「陳姐，你剛才說你老家是臨安那邊的？」賈似道忽然心裏一動，問了一句：「那裏離昌化遠不遠？」

「不遠啊，就在邊上。怎麼，小賈，你想要去昌化？」陳姐先是一陣疑惑，隨即明白過來了：「你該不是想要去昌化找雞血石吧？那石頭是挺值錢的。不過，好的實在是太少了。很多人去了那邊都是空手而歸。你要是只想去瞧瞧的話，姐不攔著你。要是想去發財的話，那可是沒準兒的事。姐勸你啊，還是別打這些石頭的主意。」

「我就是好奇，想去看看。」賈似道應了一句，他自然沒辦法和陳姐解釋說他去找昌化雞血石是有特殊能力的感知作為保障的。

其他的特點暫且不說，雞血石上的那些隱藏在石頭皮層之下的血色部分，別人或許看不出來，賈似道卻是可以感知到的。這就是特殊能力的優勢，如果不好好利用一回，賈似道自己都覺得有些浪費了。

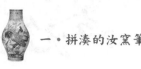

和陳姐以及劉大哥胡亂聊了一陣，賈似道便回到了自己的屋裏，開始在網路上下載關於瓷器的資料，從最早的陶器開始，一直到明清時代的瓷器，凡是關係到陶瓷的知識，賈似道都保存到了一個資料夾裏。

賈似道還打電話給阿三，讓他幫忙介紹幾本瓷器類的書籍。畢竟網路上的東西全面是全面，卻不夠專業。賈似道想要瞭解一下瓷器的發展過程的話，在網路上查找一下資料倒是足夠了。但要說到具體某件瓷器的特點、鑒定的重點所在，以及燒製的條件等具體資訊，卻還是需要依靠書本上的知識，尤其是一些大家的著作。裏面所提到的很多知識，對於現在的賈似道來說，無疑是非常重要的。一些珍品瓷器，在歷史上那都是有記載的。

阿三也不推脫，他直接說，要是賈似道真想玩瓷器的話，最好先從歷代帝王的年譜開始背起。傳承下來的精品瓷器自然是和那個時代的帝王有關，比如瓷器的款識，光是格式以及一些特殊符號，就夠賈似道背上好幾天的了。

要是連最基本的知識都沒有弄清楚，即便賈似道開始收藏了，偶爾能撿到漏，那也是瞎貓碰到死耗子。

此外，趙汝珍的《古玩珍藏指南全編》和《古玩辨疑》，以及《明清瓷器鑒定》等幾本書，阿三也讓賈似道有時間好好看看。說不定裏面的知識什麼時候就能派上用場呢。

賈似道一一記了下來。

第二天，賈似道原本打算找老楊打聽一下別墅的事情，不過轉念一想，又放棄了。老楊的消息固然靈通，想要讓他幫忙找到中意的別墅也不難，但賈似道才剛剛辭職，而且以前的境況很普通，突然就買起別墅來，難免惹人非議。

想到這裏，賈似道便單獨搭車來到了原先想到過的那片富人區，隨意逛了逛，環境還真沒得說。即便比不了上海的果凍所住的那個社區，但是對於臨海這樣的縣城來說，已經算是頂尖的別墅社區了。不然，怎麼會說這邊的住宅區，幾乎算是臨海的富人集中地呢？

整個城東區域，是臨海市政府大力開發的新興區域，即便是普通套房的價格，也比別處上浮一兩成左右。

賈似道要購置的別墅，是在北面靠近山麓的地方。走進售樓處，他隨意地看了一下標價，都上八位數了。賈似道詢問了一下內部的裝修，風格很是迥異，只要賈似道說出自己的喜好，售樓處的小姐就會很熱情地推介。

先是挑選別墅的外觀，再一番實地考察下來，賈似道便有了自己的新居。

賈似道也不在乎挑個什麼吉利的日子。房款他一次性付清了，這樣的付款方式還可以打很大的折扣。

一兩個月前，別說購置這樣的別墅了，就是在臨海有一套自己的房，那也是賈似道做夢都不敢想的事情。

這會兒，拿著房門的鑰匙，賈似道覺得自己像是在做夢一樣，想要大喊幾聲發洩一下。賈似道也沒什麼東西需要搬的，但讓賈似道沮喪的是，入住的人只有他一個。

直到現在，賈似道也沒敢跟家裏說自己靠賭石發了財。不是賈似道不願意，而是賈似道對於自己的財富仍然有些虛幻的感覺。他前一陣往家裏打了電話，說單位的獎金發了許多，給爸媽寄了不少錢，讓他們買點補品，卻被老媽一頓教訓，說要給他存錢娶媳婦，還托人說了媒。

賈似道很無語。每一次和老媽的對話，她都能扯到賈似道的終身大事上，賈似道也習慣了。

接下來的幾天，賈似道找來幾個工人，把瑪瑙樹以及巨型翡翠原石搬到了別墅裏，至於其他的瓷器，賈似道自己從租住的地方拿過來就行了。社區的保安比起一般物業公司的保安員來說，明顯地要更加盡職一些。

賈似道的別墅分為上下兩層，還有一層地下室。當初賈似道決定購買的時候，這地下室可算是賈似道最看重的地方了。整個別墅從外面看上去很簡潔大方，環境也很優雅。別墅區內閒逛的人不多，大家出入也多是轎車。像賈似道這樣來回溜的，恐怕也只有在清晨和黃昏時出來遛狗的人了。

賈似道想，自己是不是該買一輛車了呢？

賈似道在大學期間就考了駕照。那會兒，賈似道的打算是，如果畢業後找不到工作，那就花錢托個關係，去市區裏開計程車。現在當然不用開計程車了，擁有私家車對於現在的賈似道來說也是輕而易舉的事。

感慨了一番，賈似道先來到了地下室。地下室有兩間，每間大概有二十平方米左右。

那塊巨型原石和瑪瑙樹就在入口處的第一間。角落裏還堆放著一些解石切石的工具。

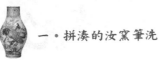

至於內間，賈似道則讓裝修公司的人貼著牆壁裝了不少木架、櫥櫃，用來放置瓷器。賈似道想，既然搞起收藏了，騰出一個單獨的房間來放置還是很有必要的。

除去兩間地下室原本就空著之外，一層的大廳都裝修齊全。二樓是幾個臥室，浴室，單獨的書房以及巨大的陽台。剛好對著南面的市政大道，可以看到市政廣場上的巨大喬木和噴水池。

一番巡看下來，賈似道摸了摸自己的鼻子，心裏還頗有些不習慣。至於老家那邊，什麼時候告訴父母，賈似道也沒有計劃，暫時就這麼拖著吧。說起來，原先賈似道一家的生活，雖然算不上富足，卻也平淡快樂。

此時賈似道突然改變固有的生活方式，連他自己都覺得有些如夢如幻，更不要說是父母了。船到橋頭自然直，賈似道也不再多想。

第二章

抱月瓶

這抱月瓶不管是晚清時期還是民國的，
其青花色和造型來看，都算是民窯中的精品了。
賈似道說的可能是景德鎮那邊製造的不假，
但說時間是上世紀八十年代的，
卻是為阿三砍價而說的。

賈似道找了個時間，把阿三這個中間人和周大叔約了出來，商討廠房的轉租協議。

原本阿三幫聯繫的那台大型解石機，這兩天就要到了。賈似道正琢磨著自己的地下室裏要是放置這樣的大傢伙恐怕還不太容易的時候，周大叔卻提議道：

「小賈，你讓阿三聯繫的那台大型解石機，如果你不急著用的話，不如也一併轉讓給我吧。接手這麼大一個加工廠，要是沒有像樣的解石機，我這邊的工作一時還真沒辦法立刻展開。」

周大叔可不像賈似道這麼閑，他把雕刻工匠都找好了，就盼著早一天開工，早一天開始盈利呢。加工廠的攤子鋪開了，大型的解石機是少不了的，既然賈似道這邊有現成聯繫好的，自然希望轉收過去了。

賈似道一琢磨，便也同意了。

他的那塊巨型原石，並不需要全部徹底地解開，要是僅僅把小端的那幾條色帶部分給切出來的話，賈似道一個人用小的切割工具也還是勉強能應付得過來的。私底下，賈似道還告訴周大叔和阿三，那塊巨型原石切垮了呢。適當地藏拙，對於現在的賈似道來說很有必要。

要是以後再遇到類似體積的翡翠原石的話，用到之時，再向周大叔借用機器也是可以的。

雙方簽好了轉讓協議，周大叔笑呵呵地提出，賈似道以後要是賭到了好的翡翠原料，可以出售給他。這讓賈似道感覺到有些意外，不禁問了一句：「周大叔，您難道也要賭翡翠原石嗎？」

「呵呵，反正店鋪開著呢，以前翡翠的成品，大多是直接從南邊進貨的，現在自己辦起加工廠了，如果有合適的翡翠原料，自然是可以嘗試著加工一下了。」周大叔也不隱瞞，說出了自己的打算。這裏頭的利潤，賈似道不是十分清楚，應該還是比較大的，經商多年的周大叔，又怎麼會輕易放過呢？

「那也成。」賈似道點了點頭，「對我來說，這也很方便。」

不過，話雖然是這麼說，最終要拿出什麼樣品質的翡翠原料來出手，賈似道的心裏還是另有一番打算的。甚至於，賈似道還在琢磨著，自己是不是可以開一家翡翠店來直接銷售。但是，很快的，賈似道就放棄了這個想法。這裏面的利潤很高，卻也很麻煩。對於賈似道來說，還不如直接賭石，然後賣翡翠原料來得划算。

臨走之時，阿三還有些羨慕賈似道的運氣，說了一句：「賈兄啊，你下次要是再去雲南的話，說不定，我也會跟著一起去，沾點運氣，你不會介意吧？」

「呵呵，我自己都不知道什麼時候再去雲南呢。」賈似道這話可不是推辭，這幾天翻看資料，讓賈似道覺得自己以前什麼都不懂就一頭扎進古玩一行，實在是一件很貿然的事。到目前為止，還沒出現打眼的情況，算是賈似道燒高香了。瞭解得越多，感覺自己掌握的知識越少，這種強烈的心理反差，讓賈似道這幾天拚命學習資料，他恨不得把書裏寫的全部都印在腦海裏。

「行了，我也只是說說而已。到時候還要看情況，去不去還兩說呢。」阿三訕訕地說，忽而神色一動，說：「對了，前幾天的那次聚會你沒去，康建那小子還惦記你來著。怎麼樣，晚上抽個時間，去他那兒看看？」

「他惦記我做什麼？」賈似道很好奇。

「嘿嘿，還不是新來了幾個好女孩，想要給你介紹介紹。」阿三曖昧地一笑，「這可是給你的特殊待遇啊，像我這樣的人可無福消受。」

「那小子。」賈似道嘀咕了一句，說起來，這還是賈似道至今沒有女朋友給鬧的。不過，康建那邊會有好女孩嗎？那傢伙就是娛樂城裏的花花公子，經常嚷嚷著給賈似道介紹女朋友，結果每次都是三陪女。

幾次下來，賈似道都有些懶得理他了。

賈似道正準備一口回絕呢，老楊打了個電話過來，他說的情況有些複雜，賈似道聽了半天才明白。原來老楊幫人追債，那個人準備用古董來抵債，老楊不懂古玩，想起賈似道前陣子對這些感興趣，就打電話給他了。

賈似道和阿三商量了一下，邀請阿三一起過去，暫且不管那東西是真是假，帶上阿三這個行裏人，也算是加了一重保險。不過，到了地方的時候，賈似道卻發現小六子竟然也在，看來老楊有些病急亂投醫了，逮著誰就找誰過來。

再看眼前的情況，老楊的身邊站著幾個年輕的男子，一個個痞子氣十足。老楊一個人坐在老闆椅上，對著辦公桌上放著的一個花瓶左看右看，露出懷疑的神色，而小六子則是在老楊的邊上解說著什麼。

至於花瓶的主人，正蹲在房間的一個角落裏，人比較消瘦，個子也不算高，臉上明顯被揍過，看到賈似道和阿三進來，他擠出一絲獻媚的笑容。

說起來，老楊在臨海的地頭上，名氣還挺大的，但是，比起真正道上的人，卻也只是半在江湖。現在他身邊站著的幾個小混混，看著挺帶勁的，真要有什麼事，準是一哄而散。

「小賈，你來了。」老楊看到賈似道來了也不客套，他看了阿三一眼，問道：「這位是？」

「這位是阿三，我朋友，他在古玩上可比我懂行多了。」賈似道介紹了一下。老楊聞言眼睛不由得一亮，立即站起身來，拉著賈似道和阿三來到辦公桌前，用眼神示意了一下。眼前這件花瓶，應該就是需要賈似道來鑒定的東西了。

賈似道先和小六子打了聲招呼。看到賈似道到來，小六子不由得鬆了一口氣。剛才那會兒，他和老楊看了好半天，也沒看出個所以然來，只是知道眼前這個花瓶是抱月瓶。因為這個形狀實在是太好認了，至於是什麼年代的、價值幾何，就不得而知了。

小六子也不過是看過一些瓷器的圖片、資料，算不得是行內人。雖然家裏有一個民國的大碗，卻並不表示他在古玩上就能看出些什麼來。不然，小六子也不用去找專家鑒定了。但要是現在建議老楊去找專家來看，花費不小不說，萬一是個作假的東西，那就更不划算了。而且，老楊也耗不起這個時間。

至於角落裏蹲著的人究竟犯了什麼事，賈似道也不去問。老楊所做的，不過是幫人討債而已，無非是賭博欠下了錢或是借了高利貸。這樣的事情每天都在發生，以前在單位上班的時候，賈似道就沒少聽老楊提過。

「這東西怎麼樣？」賈似道問阿三。

「看老。」阿三輕聲嘀咕了一句。這個抱月瓶的個頭算一般，大概有三十釐米，器型也還算不錯，至少賈似道初步看了一眼，並沒有發現什麼大的問題。青花顏色比較沉穩，和賈似道圖片上看到的那些清晚期的青花瓷有些類似。

只是，圖片上看到的畢竟不是實物，想要實踐到真實器物上，賈似道還需要學習很多的東西。好在阿三的回答至少說明這個抱月瓶應該還值一些錢。賈似道不禁又問了一句：「大概能開門到什麼時期？」

「這個還有點說不太準。」阿三猶豫了一下說，「不過，即便不是晚清的東西，也應該是民國那會兒的了。」

「小賈，這位叫阿三是吧？」邊上老楊聽著有些迷糊，他可不關心什麼民國的還是晚清的，只關心價格，不由得著急地問了一句：「照你看來，這玩意兒能值多少錢？」

賈似道笑呵呵地答了一句：「如果阿三說的沒錯的話，恐怕你說的這玩意兒還真能值個幾萬塊。」

賈似道伸出手摸了摸抱月瓶，感覺了一下，和家中的那塊青花瓷磚有些不太一樣。再看看底足，有明顯磨損的痕跡，沒有款識。抱月瓶上的青花圖案比較雜，是一群人在戰鬥的畫面。

賈似道看了阿三一眼，阿三似乎沒有領會賈似道的意思，並未回答。賈似道也只能作罷。

「我早就說過這是民國的東西，應該能抵得上我欠下的四萬塊錢。」此時一個陌生的聲音傳來，似乎帶著中原那邊的口音。

賈似道回頭一看，正是抱月瓶的主人，在聽到賈似道和阿三的鑒定之後，忍不住說了一句。

話音未落，邊上的年輕人就走到他的身邊，踢了他幾腳，罵了幾句。那個人頓時焉了，低下頭不再作聲。

老楊聳了聳肩，對阿三說：「阿三，既然小賈說你是玩這一行的，你就幫著看看，這東西如果馬上出手的話，能值多少錢？」

「馬上？」阿三聞言不由得很有深意地看了老楊一眼。

「是啊，雇主那邊只要錢。這小子欠了四萬塊，如果這東西賣了還不夠的話，就需要我再用點手段了。」說著，老楊的語氣似乎越來越狠。

「東西看著應該問題不大。不過，要是著急出手的話，價錢肯定不會太高。」阿三考慮了一下說，還輕輕踢了賈似道一腳。賈似道正想開口說話呢，這麼一來，立刻會意地看了阿三一眼，繼續察看起手上的抱月瓶來。

「難道四萬也到不了？」老楊琢磨著，這回討債能用的法子都用過了，最後還是只撬出了這個抱月瓶，如果價錢到不了底線的話，雇主不滿意不說，老楊也沒有什麼辦法了。如果真弄出了人命的話，老楊也會吃不了兜著走。

而剛才老楊只問馬上出手能值多少錢，並沒有問能不能有四萬，也是存了能多賣就多賣的心思，超過四萬的部分，他就可以獨吞。只要給邊上的幾個小混混一點甜頭，請吃頓飯就可以了。

不然，老楊在剛聽到這件抱月瓶是古董的時候，也不會有些激動了。按照老楊的想法，小六子家的那口碗就值幾萬塊了，這抱月瓶的個頭比起碗來不知道要大多少倍呢，說不定就值十萬八萬的。

「既然你是賈兄的朋友，我就實話說了。」阿三說，「這件抱月瓶，如果按照市場價來說，想要出手個四五萬，還是能夠達到的。要是來路沒問題，拍賣的話，能衝過六萬也沒說不定。不過，要想在短時間內出手，價格就沒有這麼高了，大概也就是兩三萬的樣子。」

古玩就是這樣，遇到實在喜歡的人，價格虛高一些也能出手。要是沒遇到相中了的人，哪怕市場價高達千萬，想要當即換成現金也不太容易。

「沒有四萬塊，打死我也不賣。」老楊還沒說話呢，角落上的那個人再度開口了，他說得有些聲嘶力竭，他也明白，要是賣不了四萬，他的事也完不了。

「這裏沒你什麼事。」老楊心情正不好呢，猛一聽見他說話，快步走到他的身邊，對著他就踢了幾腳，一邊踹一邊嘴裏還罵罵咧咧著：「不賣，不賣你拿什麼還錢啊，難道還能指望你出去賣？」

這話說得那個人的臉上紅一陣白一陣的，顯然把他給嚇到了。

好一會兒之後，老楊才走回到賈似道和阿三的身邊，歉意地說：

「不好意思，讓你們看笑話了……不過，小賈，阿三，你們也看到了，這就是個沒錢的種，除了這瓶子，恐怕再拿不出什麼像樣的東西來抵債了。你們看，能不能找個熟人，把東西給按照實價出手了？」

看到賈似道和阿三一陣猶豫，老楊下了決定，說道：

「這樣吧，我就當是白幹了這一回。阿三，這東西就交給你來處理，你只要把價格儘量抬高一些。如果能超出四萬塊錢，多的部分，就當是兄弟我給你的辛苦費了。怎麼樣？只是一條，出手要快，最好是兩天內就搞定。」

老楊自然不傻，既然阿三剛才說過這玩意兒價值四五萬，只要拖住時間，緩上一陣子，那五萬塊錢就絕對少不了。問題是老楊沒時間去等，要不是為了儘快搞定這四萬塊的缺口，今天他也不會急匆匆地就把小六子和賈似道都給找來了。他自己倒是有這個錢，但是老楊絕不會把錢賭在古玩上。

對於老楊這樣的人來說，古玩這東西，五百萬的和五十塊的看上去並沒有什麼區別。心裏相信這玩意兒值錢是一回事，用自己的錢去買，卻是另外一回事了。

至於他說的自己白幹這一回，賈似道和阿三聞言只是善意地笑了笑。雇主那邊的好處，肯定是少不了的。不然老楊怎麼會這麼積極？

阿三對賈似道示意了一下，賈似道會意地放下手中的抱月瓶，說道：

「這東西雖然看著是件老東西，不過，這青花的顏色似乎還有些疑問，有點像上世紀八十年代初，景德鎮仿老物件外銷的瓷器。」

「仿的？」阿三眉頭一皺，拿出了隨身攜帶著的工具，開始認真地觀察起來，現在想起來，他剛開始的觀察也是有些粗略了。被賈似道這麼一說，不光是老楊，就連在牆角邊蹲著的那個人也有些慌了，嘴裏喃喃地說：「怎麼可能呢？我姐夫家的東西，不會是作假的啊……」

老楊和小六子的注意力都集中在阿三觀察瓷器的動作上了，沒注意他這句話，賈似道卻有些詫異地看了那個人一眼。

「怎麼樣？該不真的和小賈說的一樣，是上個世紀八十年代的吧？」老楊有些著急地問了一句。如果真是這樣的話，不要說四萬塊了，就是四百塊估計都值不了。

「不太好鑒定啊。」阿三猶豫地說了一句，看到老楊的神色的確是有些急了，說道：「這樣吧，不如找個瓷器方面的專家來鑒定一下，不然，只有我和小賈說也不算。」

阿三這話老楊倒是能夠理解。畢竟在老楊想來，要是沒有上點年紀，怎麼會懂得鑒定古玩這些老東西呢？至少電視上的那些專家，可都是上了年紀的人居多：「可是，這要找專家的話，要花不少錢吧？」

說話間，老楊還看了小六子一眼。小六子訕訕地笑笑，他為了那口碗，著實是沒少花費。看到小六子的表情，不用想也知道，專家的出診費貴不貴了，除非有關係。想到這裏，老楊不由得看了看阿三。

賈似道介紹說阿三是古玩行裏的人，讓老楊心裏生出了希望來。

「阿三，如果你看著這東西喜歡的話，不如，就你自己收下來吧。」賈似道知道到了這個時候，火候也應該差不多了，便提出了自己的看法。老楊聞言，眼睛頓時一亮，他點了點頭。說道：「是啊，如果你看好這件東西的話，那就直接收了去，反正留下來，我們這些人也不懂。」

「可是，這價格上……」阿三裝著很猶豫。

「你看著給吧。」老楊說了一句，又看了一眼抱月瓶的主人。這會兒，他也正期待地看著阿三的反應呢。要知道，阿三給出的價格可是直接決定了他能不能安全地從這裏出去。

也許是感覺到了他的目光，阿三指了指他，問道：「他欠了多少錢？」

「差不多四萬。」老楊隨口說道，隨即就用眼色示意一個手下。那個人立即從兜裏掏出了一張字條，看了看，才答道：「楊哥，這小子欠下了三萬八千九。」

「那我就湊個整數，給四萬塊吧，你看怎麼樣？」阿三琢磨了一下，對老楊說道，轉頭還看了看抱月瓶主人的臉色。只見對方很感激的樣子，幾乎就要跪下來給阿三磕幾個響頭了。

「行。」老楊一拍手，很爽快地答應了下來，然後走到那個人身邊，扯了他一把，讓他站起身來，說道：「還不過去寫張字據？」

那個人諾諾地應了一聲，走到辦公桌邊，給阿三寫了一張以四萬元轉讓抱月瓶的字據。

然後，阿三出去取了錢給了老楊，老楊便讓那個人離開了。多出來的一千來塊錢，老楊自然是分給了身邊的幾個年輕人，算是辛苦費了。

原先抱月瓶的主人連個「不」字都不敢說，一路感謝著出了門。

賈似道看著不由得一陣苦笑，裝作無意地向老楊詢問了一下這個人的情況，老楊也如實相告。他是河南人，叫劉澤坤，到沿海來打工，比較好賭。這不，賭場上的輸贏可不是事先能夠預料的，他不但輸光了本錢，還借了高利貸，欠下了這筆錢。

讓賈似道覺得意外的是，這回是他第二次輸得沒錢還了，上回他是打電話回老家，臨時借來的錢，這一次，他倒是硬氣得很，死也不肯打電話回去。賈似道琢磨著，他應該是沒臉和家裏人說了吧。

「兄弟，客氣的話我就不多說了。這回老哥謝謝你們了。」到了此時，老楊完全放鬆了下來，終於了結了一樁事，看著賈似道、阿三、小六子三人，臉上樂呵呵的，提議出去吃一頓。

賈似道和阿三笑著婉拒了。看了一眼阿三懷裏抱著的抱月瓶，老楊會意地一笑，也不勉強，嘴裏說著以後再找個機會大家喝一頓，便送阿三和賈似道出了門。

打車回到阿三的家，賈似道才沒好氣地拍著阿三的肩膀，說道：「行啊，阿三，這回連我都給算計上了。」

「嘿嘿，哪能啊。我這不是沒辦法嘛。」阿三倒是明白得很，說道：「不然，等我把這件東西出手了，賺的錢咱倆平分？」這抱月瓶暫且不管是晚清的還是民國的，就其青花色以及造型大小來看，都算是民窯中的精品了。賈似道先前說的可能是景德鎮那邊製造的不假，但說時間是上世紀八十年代的，卻是為阿三砍價而說的。

「行了，既然是你收下的，我怎麼好意思插手。」賈似道白了阿三一眼，「不過，請客一頓，那是少不了的。」

「那是自然。」阿三先把抱月瓶放進了自己的書房，賈似道跟著進去看了看，裏面的瓶瓶罐罐還真不少，抱月瓶、梅瓶、筆洗等都有。

「不用看了，都是些不值錢的東西，留著做個紀念罷了。」阿三自嘲了一句，說道：「全部加在一起，恐怕也沒這一件值錢呢。」阿三在瓷器上的眼力，受衛老爺子的影響比較大，還是頗有功底的。無奈他的運氣實在不怎麼樣，始終沒有遇到撿漏的機會。也難怪他這回相中了這件抱月瓶之後，讓賈似道幫著砍價了。

賈似道和阿三討論了一番瓷器的收藏，阿三認為，如果想要收藏的話，東西是珍品那是必須的，其次就是器物要完整。像賈似道先前收上來的那件碎了的筆洗，即便修補好了，修復的技術再怎麼高明，也屬於殘次品。

這樣的見地，衛老爺子一輩的人尤其根深蒂固。

當然，不是說這樣的瓷器就沒有什麼價值了。古玩市場上，甚至是一些拍賣會上，有殘的瓷器賣出天價的也有很多，只能說是各人的觀點不同罷了。

「對了，賈兄，這段日子以來，瓷器的資料你應該沒少看吧？」見賈似道點了點頭，阿三笑著說：「那我就來考考你，這抱月瓶，你知道是從什麼時候開始出現的嗎？」

「呵呵，小看我了不是？」賈似道一樂，說道：「如果我沒記錯的話，這抱月瓶的外形，最早源於宋元時期流行於西夏的陶製馬掛瓶，左右雙繫，用來掛在馬鞍的側面，極具民族特色。」

「喲，還不錯嘛。」阿三贊了一句。隨後說到賈似道在收藏上的打算，賈似道說：「還是看機會吧。我暫時只對瓷器比較感興趣。不過，這種興趣也是需要慢慢積累的。我倒是覺得，在收藏的過程中，通過把玩欣賞這些古玩，會讓自己的心靈沉靜下來。」

告別了阿三，賈似道看了看天色，到了這會兒，已經是夕陽無限好，只是近黃昏了。

不過，夏日的夜色要來得晚一些。等到賈似道根據老楊提供的資訊找到劉澤坤住的地方時，天色依然沒有全部黑下來。

這裏和賈似道原先租住的地方類似，也是一個古城街道的居民社區。只是劉澤坤租住的不是套房，而是只有一層的平房，看那房子的外形，更像是一個車庫。

看到劉澤坤正在家中，賈似道的嘴角流露出了一絲笑意。

「你怎麼來了？」劉澤坤顯然還認得賈似道，神色還有些慌張地看了看賈似道的身後，直到確定再沒有其他人的時候，臉色才緩和下來。賈似道不禁一陣苦笑，看來眼前這位顯然是被老楊的手段給整怕了。

不過，這樣也好，賈似道想著自己的打算，或許會更加容易達成。

賈似道跟著劉澤坤進到屋內，裏面只有一張木床，一個煤氣灶，一張四方桌，其他就沒什麼東西了。牆角堆著幾個行李袋，看上去很亂，應該是討債的那些人胡亂翻過後還沒有整理。

也許是注意到了賈似道的眼光，劉澤坤臉上有些不太自在。

「坐……」劉澤坤客氣了一句。剛說完，卻發現自己的房間竟然連一把凳子都沒有，不由得再次露出了尷尬的神色。

「不用了，我站一會兒就好。」賈似道應道。看對方的樣子。應該是在準備晚飯。煤氣灶上正燒著開水，邊上放著幾包速食麵，看上去像是剛買來的：「我只是想問一下，你的那件瓷器……」

「那東西應該不假吧？」劉澤坤的臉色不由得就是一緊，「古玩的交易，雖然我不是很懂，但是，出手了就不能反悔的，而且，即便東西是假的，我現在也沒錢退還了。」

「呵呵，你放心，那東西倒是沒什麼問題。而且，我也不是買家。即便是要退，這回來的也不是我了。」賈似道安了他的心，才接著說道：「不過，我很好奇，你怎麼會有這樣一件東西。」

劉澤坤長舒了一口氣：「不是東西不對就好，那瓶的來路，絕對沒問題，是我從我姐夫家裏弄出來的。」

「哦，那你姐夫是做什麼的？」賈似道追問了一句。說起來，要不是因為有了從洪老太太家撿漏的先例，賈似道也不會想到要追著劉澤坤過來看看。能拿出一個真品的抱月瓶來，尤其還是劉澤坤這樣的負債累累的人，不能不說是一件很奇怪的事。

「我姐夫是大學裏的教授，不過早幾年就去世了。」劉澤坤也不隱瞞，「家裏就剩我姐姐一個人，還有我的小外甥。至於那瓶，是在幾年前我姐夫還在世的時候，我軟磨硬泡地從我姐夫手裏要過來的。當時他就告訴過我，那瓶值四五萬塊錢。唉……」

說到這裏，劉澤坤歎了一口氣，也許是想到了這次他前來浙江，落到現在這樣的結果，是個錯誤的決定吧：「說起來，也還算是我幸運，要是沒有這個瓶，我可能都回不了家了。當初我也覺得來沿海地區可能不太好混，如果實在沒辦法的話，就把瓶給賣了。」

賈似道聞言，不對劉澤坤的現狀發表任何意見，凡是賭徒，有什麼樣的結果，都是在意料之中的。他又問道：「那你姐姐家裏，是不是還有其他一些瓷器？」

「應該有，我就見到過好幾個。」劉澤坤沒有否認，說道：「不過我對這些瓷器不太懂。其中有幾件，是我姐夫生前交代過，要留下來傳給我外甥的。因為我姐家在我姐夫去世之後，也沒什麼經濟來源，只靠我姐一個人的工資。今年我外甥要上高中了，前幾天成績出來，要上重點學校還差幾分，我就建議過我姐賣掉幾隻瓶湊點錢，反正瓶是死的，留著也是留著，賣了給我外甥花，也不算是違背了我姐夫的囑咐。只是我姐說那幾件瓷器應該比較稀有，最好不要出手，便照著我姐夫的意思還是留下來了，沒有動。」

「那你手上的這件抱月瓶？」賈似道好奇地問了一句。

「哦，那件不是我姐夫交代過的東西。」劉澤坤說，「不然，當初我姐夫也不可能給我了。」

話說到這裏，賈似道心裏已經清楚了，看著劉澤坤的眼神也別有深意。

劉澤坤也不傻，只不過是好賭一些而已。這時他從和賈似道的談話中，也能琢磨出賈似道的來意，便說道：「如果你只是想收幾件和剛才那件類似的瓶的話，我還可以給你跟我老姐商量商量。至於其他的，我也沒有辦法。」

「呵呵，不急。」賈似道知道這樣的事情，尤其還牽扯到劉澤坤姐夫的遺囑，不會輕易就能辦好：「對了，你還沒吃晚飯吧？我也還沒吃呢，不如我請客，咱們一起出去吃一頓？」

劉澤坤猶豫了一下，看了賈似道很久，才點了點頭，說道：「行。」

關掉煤氣灶上的火，劉澤坤便跟著賈似道去下了趟館子。他們去的不是很上檔次的酒店，為了拉近關係，賈似道帶他去的是普通的大排檔，隨意叫了幾個小菜。聊的大多也是一些他姐姐家的近況。最後，賈似道和他商量，過兩天趁劉澤坤要回老家，賈似道也跟著他一起去一趟。

在沒有見到實物之前，賈似道也不好多說什麼。不過，要是劉澤坤沒有騙賈似道的話，那麼從他話裏透露出來的資訊，至少可以肯定，在他姐姐家中，還留有不少瓷器，如果都比阿三收下的那個抱月瓶要好的話，那也算得上是精品了。再想到劉宇飛能為了一個掛件從廣東趕到揚州去，這回，賈似道便也決定，去河南實地考察一下。

只是，賈似道的瓷器鑑定功夫還不是很到家，正琢磨著是不是要帶上阿三呢，阿三的電話就打過來了。阿三說他現在正在康建那邊玩，問賈似道要不要過去，還特意提醒先前說過的康建給賈似道安排的那幾個女的也在。

從電話裏隱約透露出女人的嬉笑聲，似乎是在撩撥著賈似道的情緒。

賈似道沒好氣地說：「不去。」然後就把電話給掛了。

桌上的菜也吃得差不多了，賈似道便和劉澤坤告別，約好了去河南的時間。

賈似道搭車回到了別墅裏，剛打開電腦，準備找點圖片來欣賞一下，電話再度響了起來。賈似道也不看號碼，沒好氣地接起來，對方還沒開口就很不客氣地說：「我說阿三啊，你該不是到現在了還在康建那邊，準備留宿了吧？小心得了什麼病啊。」

「小賈，我是劉宇飛啊。」電話那頭傳來劉宇飛的聲音。

賈似道一看電話號碼，不由得訕訕地笑了笑，說：「劉兄，這會兒怎麼想起給我打電話了啊？該不是你悄無聲息地來到臨海了吧？」

「沒呢，我人在揭陽這邊。」劉宇飛說，「我打電話是想告訴你一聲，下個月這邊有個翡翠公盤，你要不要過來看看？」

「翡翠公盤？」賈似道自然知道，說起來，在剛開始看翡翠資料的時候，賈似道心裏就很羨慕那些能去翡翠公盤的人，畢竟和普通的翡翠毛料市場比起來，公盤上的翡翠原石無論是在品質上、還是在數量上，都更適合賈似道進行賭石。

不過，要是自身沒有實力和關係的話，哪怕是賈似道有著特殊能力，也壓根兒就進不了翡翠公盤的現場。能進去的都是一些在賭石行混了好些年的人，或者是珠寶公司的負責人，只有他們這樣的身分，有了充足的資金擔保，才有進入公盤參與競價的機會。就像參加拍賣會一樣，有人帶著，想進去長長見識，自然沒什麼問題，但是想要參與競拍的話，那就需要號碼牌了。而且，沒有一定的資本和信譽，即便是看中了翡翠原石，人家也不會賣。

這會兒有了劉宇飛的介紹，賈似道覺得是個不錯的機會。賭石的誘惑，對於賈似道來說，絲毫不在收藏之下，讓賈似道更為重視的是，他的資金積累只能依靠賭石一行。不然，即便想收藏瓷器，賈似道也拿不出那個錢。光是靠撿漏的話，天知道賈似道需要多大的運氣，才能滿足自己的收藏喜好呢。

賈似道可不想就如此小打小鬧，在賈似道的別墅裏，現在可是放著清宮五供、價值不菲的青花瓷磚以及清仿的汝窯筆洗這樣級別的瓷器，接下來能被賈似道收藏的，至少也應該是同檔次的東西吧？一個人的眼光，在知識的不斷積累之下，也會變得越來越高。

現在再遇到民窯的瓷器，要不是工藝達到了極致，又或者很具有紀念價值，賈似道一般也不會出手。就好比今天老楊找他看的抱月瓶，市場價格在六七萬塊錢左右。但是，當知道阿三有意收下的時候，賈似道就打消了想要出手的想法。不然，以賈似道和老楊的關係，只要賈似道出手，阿三就拿不到那件抱月瓶了。

不過，好在賈似道事後找到了劉澤坤，準備跟著一道去他的老家看看，說不定會有一些意想不到的收穫呢。

賈似道答應下了劉宇飛的邀請，順帶也把自己的河南之行說了一下。

這一下倒好，劉宇飛嚷嚷著要一同去河南了。賈似道只能苦笑道：「劉兄，我這可是去看瓷器的，你是收藏碧玉的，怎麼也要一起去啊？莫非是改了愛好了？」

「這你就不懂了吧？」劉宇飛對賈似道的話完全是嗤之以鼻，毫不在意地說道：「收藏這東西，機會就是要靠自己爭取的。以前我都是一個人全國各地地跑，這回好不容易搭上你這麼一個夥伴陪著，難道，你去了河南之後，就僅僅是跟著那誰，對了，那人叫啥來著？」

「劉澤坤。」賈似道提醒了一句。

「對，就是他，還跟我一個姓呢。」劉宇飛說道，「難道你就想跟著他去一趟他姐姐家，然後就回來了？」

「那還能怎麼樣？」賈似道疑惑道。

「由此看來，你顯然還沒有進入到收藏的狀態，只能由我這個收藏上的過來人，給你好好上一課了。」劉宇飛很得意地說，「你都好不容易到了河南了，怎麼也應該去附近的村子轉一轉，說不定就能遇到什麼好東西呢。那些客人們，就經常這樣幹，這就叫：沒有機會，咱就自己創造出機會來。」

「也對。」賈似道琢磨著，現在這年頭，雖然不會像上個世紀八九十年代那樣，下個鄉，隨便就能收回國寶級的文物來。但是，在一些小地方，尤其是河南這樣的文物大省，民間的好東西還是比較多的。就看有沒有這個運氣遇到，或者收不收得上手了。

這麼一商量，賈似道便也同意了劉宇飛的建議。

第二天，劉宇飛就飛到了臨海，看到賈似道已經住進了別墅，劉宇飛大吃一驚，隨即很快恢復了常態。在劉宇飛看來，賈似道住現在這樣的別墅，才配得上他的身價。只是劉宇飛在別墅裏轉了又轉，似乎在找著什麼。

賈似道不由好奇地問了一句。

劉宇飛嘀咕著說：「我怎麼就沒看到有女人住過的痕跡呢？」

賈似道頓時無語。為此，劉宇飛更加肯定了先前自己的猜測，賈似道堅持租住在那間套房裏，目的肯定就是為了小吳。賈似道只能不理會他，由他鬧去了。

「怎麼，最近在看抱月瓶的資料？」劉宇飛在書房裏打量了一下，滿桌都是抱月瓶的書籍和圖片。

賈似道也不隱瞞，和劉宇飛簡單地說了一下劉澤坤講的情況，因為劉澤坤提到過他姐夫家還有一件月白色的抱月瓶，很精美。賈似道正趁這兩天的時間，補一補這方面的知識呢。

抱月瓶到了明代之後，大多以青花為裝飾，結合抱月瓶自身獨特的風格，將色彩與器形完美融於一體，使其發展成為陳設用的藝術品。而且，抱月瓶尤其以明永宣時期最負盛名，其中蒜頭口抱月瓶於康熙、雍正兩朝多有仿製。乾隆皇帝對此更是喜愛有加，因此抱月瓶成為清代乾隆一朝重要的陳設瓷器之一，外形與花樣也隨著御窯廠不斷創新而變化多樣，異彩紛呈。

但是那月白色的抱月瓶，賈似道琢磨著，結合劉澤坤的描述以及其姐夫的身分，似乎很有可能是明代的東西。

因為白瓷器最早出現於南北朝的北朝時期，成熟於隋、唐兩代。到了明永樂時期的時候，白瓷達到了鼎盛，其製作工藝也日趨完善。該時期的器物胎體輕薄，釉料加工精細，含鐵量極低，白中略帶灰色，呈現出甜美之感，故有「甜白」之稱。

賈似道想著，要是真是這樣一件東西的話，其價格也不是小數目了。萬一要是打了眼，可就虧大了。所以，他這會兒才查找資料，儘量讓自己對此有更多瞭解。雖然有些臨陣磨槍的意思，但是不快也光嘛，誰讓賈似道是個新手呢？

「說起抱月瓶來，我倒是知道一個小故事呢。」

劉宇飛看著賈似道那刻苦的勁兒，不由得在邊上很沒心沒肺地說了一句：

「不知道賈兄你想不想聽一聽？」

「該不會你家就藏有這麼一件吧？」賈似道隨意地應了一聲。

「那倒不是。」劉宇飛說，「我家壓根兒就沒什麼瓷器，如果你說的是碧玉雕刻的抱月瓶的話，倒是有一件。那玩意兒，實在是精美，讓人看得愛不釋手，我還不樂意讓別人看到……」

說到自己的藏品，劉宇飛的語氣裏，總有一股驕傲。恐怕只有收藏的喜好達到了一定的程度，說出來的話才這般地癡迷吧？

「行了，你就別再吹噓你的收藏了。」賈似道嘀咕了一句，說道，「有那時間，我還不如直接去一趟揭陽，親自去看一看呢。」

「對啊，你打算什麼時候去揭陽啊？」劉宇飛聞言，眼睛一亮，賈似道放下手裏的書，問道：「上次你說的那個墨玉壽星，弄到手了沒有？」

「唉，別提了。」劉宇飛歎了一口氣。那神情，即便是他不說，賈似道也能猜到結果了：「這東西完全是可遇不可求的。要不，我怎麼會在這會兒跑到臨海來，準備跟你一起去河南呢？也許我的無心之舉，會有一些意外的收穫呢。」

「得了吧，就你現在這樣的想法，即便有收穫，那還能叫意外的收穫嗎？」賈似道越聽越覺得，劉宇飛這傢伙，絕對是抱著撿漏的目的而去的。至於能不能遇到墨玉壽星，壓根兒就沒個準。

「看你現在這麼喜歡瓷器，難道上回你從那個老太太家收的兩件東西也賺了？」劉宇飛好奇地問了一句。

「賺不賺不知道，東西我還沒出手呢。」賈似道有些得意地說，「不過，是好東西，那是可以肯定的。我可是請高人掌過眼的。」

說到這裏，賈似道倒是有些期待起果凍的小姨來。

「哎喲，還真是被你撿漏了啊？」劉宇飛的臉上明顯有些吃驚和好奇，不由得問了一句：「和我說說，那兩件東西，究竟有什麼樣的奧妙，讓你這麼得意。那塊瓷磚暫且不說，就說那件破成好幾塊黏回去也沒個好模樣的筆洗吧，竟然也能賺錢？你可是花了三千塊啊，我當時還以為你是善心大，接濟人家老太太呢。」

「你啊，就知道賺錢。」賈似道先鄙視了劉宇飛一句，隨後才把他去上海的目的以及老太爺所說過的話，跟劉宇飛簡單地說了一遍，聽得劉宇飛一驚一乍的，大歎自己當時為什麼就不收幾件東西上手呢？

「好小子，有你的，這樣都行。看來你的運氣果然是無敵。我這一趟來臨海，準備跟著你去河南還真是來對了。」等到琢磨過味兒來，劉宇飛一拍賈似道的肩膀，高興地說：「有了你的運氣，再加上我的眼光和實力，我們的河南之行想必會很有收穫吧？」

看賈似道用很怪異的眼神看著自己，劉宇飛不禁有些訕訕地笑了一下，說道：「賈兄啊，其實我剛才的話的意思是，你也是很有實力的，只是和我比起來，就稍微差了那麼一點點而已。」說著，他還用右手的大拇指和食指做了一個「一點點」的手勢。

賈似道頓時樂壞了。

「行了，就你那點眼光，如果是遇到了軟玉或者是翡翠，還可以信你一回，要是遇到了瓷器，我還不如信我自己呢。」賈似道沒好氣地說。

「你還別說，要是遇到好瓷器的話，眼光都是虛的。就你那剛入行的一點點道行，也未必可信。真想萬無一失的話，還是花上一筆錢，去用先進儀器來做個系統鑒定。這樣得出來的結果才是科學和可信的，也讓人放心。」劉宇飛倒是對於瓷器有著自己的理解，「不然，即便是所謂的專家，也有走眼的時候。」

「科學鑒定？」賈似道猶疑著問了一句，「那要花不少錢吧？」

如果鑒定費用很便宜、鑒定又很方便的話，那也就沒有古玩市場上的打眼了。要知道，像元青花或者是五大名窯的瓷器，檢測機構裏自然是有系統的資料的。只要拿一件瓷器去檢測，分析出各項參數和指標，和那些標準器一比對，自然也就知道東西是不是作假的了。

當然，賈似道的特殊感知能力也能辨別出其中的一部分，比如胎質上的質感。但是，相比起先進的儀器來，還是相差很遠的。但即便如此，也讓賈似道在瓷器的鑑定上，有著比別人更大的優勢。

只是賈似道到現在為止也沒有接觸過太多的標準器。想起老太爺所說的，想要在收藏一行玩出點什麼成績來，光是拿著自己收藏的東西看，顯然是不夠的，還要多跑博物館，多看真東西，一遍一遍地看，尤其是要多上手。另外，自然還要多跑市場，不能說去過一次就不去了，同一個市場上，每天都有不同的東西出現。要學會觀察市場，多看、多聽、少買，才算是一個合格的收藏愛好者。

這些話，現在回想起來，如同警鐘一般，敲響在賈似道的心裏。

「花費多少錢倒是其次的。」劉宇飛說，「一般的瓷器，你也不會拿去檢測吧？而能被拿到那邊去的，那些檢測的錢，相對於瓷器本身的價值來說，也就無所謂了。」

這也是造成現在的古玩市場很混亂，水很深的原因。不是檢測不出古玩的真假，而是每一件古玩都用儀器來檢測的話，所花費的精力和費用，實在不是普通的古玩愛好者能承受得起的。

「就像去年，在英國的奇賈斯特市，就有一位老人在搬家收拾雜物的時候，意外地發現了一對清朝乾隆時期的抱月瓶真品，最後拍出了七十六萬英鎊的高價。要是兌換成人民幣的話，那該是多少錢啊？」說到這裏，劉宇飛還指了一下眼前的這堆抱月瓶的資料，似乎是意有所指。

也不等賈似道回話，劉宇飛便接著說：「不過，你恐怕沒有想到，在一開始的時候，這位老人並沒有指望這對抱月瓶可以賣出多少錢，畢竟老人對於抱月瓶也不懂。但是某家獨立拍賣商對此的估價卻只是在三百到四百英鎊之間。即使後來拍賣行的專家做出了鑒定，稱這對花瓶『並非早前所以為的仿品，而是中國古代的抱月瓶真品』，拍賣師也僅僅從五千五百英鎊開始叫價。」

「不過，不管是老人自己，還是專家、拍賣師，顯然都低估了這對抱月瓶的價值，開始拍賣之後，價格很快就被推到了三十五萬英鎊以上。最終，一位倫敦的經銷商以七十六萬英鎊的價格將這對抱月瓶拍下。你能說這樣的一對抱月瓶，專家的鑒定就足以斷定其價格嗎？」

「你怎麼知道這件事的？難道你還真的對瓷器感興趣了？」賈似道對於事件中的英國老人並不是很在意，倒是劉宇飛忽然對瓷器來了興趣，讓賈似道更加關注。

「這有什麼好奇怪的，凡是拍賣會上有人一夜暴富，我一般都會看看的，尤其是這種不經意之間的暴富。說不定哪一天，就輪到我了呢。」劉宇飛很是大言不慚地說。

「那你知道那對抱月瓶的具體表現嗎？」賈似道問了一句。

「這個……」劉宇飛摸了摸自己的腦袋，「那對抱月瓶，好像中間的圖案是一群兒童在港口簇擁歡迎龍舟的情景吧，似乎只有其中的一只是完好無損的，而另外一隻的瓶頸處有損壞後被修復過的痕跡。其他的，沒什麼印象了。」

「連那老人自己也不知道這對抱月瓶是怎麼來的呢。拍賣現場專家們都懷疑是上世紀初從中國給帶走的。」

「那位老人搬家的原因，是因為生病需要搬進療養院進行療養。在搬離之前，他把自己的屋子收拾一番，把一些不用的物品轉手賣出去。而這對抱月瓶正是老人整理出的諸多用不著的『雜物』之一。我還沒到那個年紀，不如趁現在還年輕，多收些東西。等到我老了，走不動了，偶然發現自己收藏的藏品中，還有一些是我自己都忽略了其價值的，那也是一件很美妙的事……」

說著，劉宇飛露出了神往的表情。賈似道只能撇過頭去，不再理他。不過，劉宇飛說得也不無道理。哪怕是專家，上手古玩的時候也會打眼。哪怕劉宇飛再怎麼喜歡碧玉，又有了多少的藏品，眼力是如何見長，在遇到碧玉製品的時候，打眼的次數，劉宇飛雖然礙於面子沒有說，但賈似道卻可以想得到，絕對不會少。至於像上次特意去揚州收墨玉壽星，卻沒有達到目的的經歷，就更是數不勝數了。

「對了，賈兄，你那棵瑪瑙樹還在吧？」劉宇飛忽然問了一句。賈似道頓時回了他一個明知故問的眼神。

劉宇飛訕訕一笑，說道：「如果你想要知道那棵瑪瑙樹的具體樹種，倒是可以把那些切割下來的殘片拿到文物檢測機構去試試，說不定真能檢測出是什麼樹來呢。收藏嘛，對於自己收下來的東西，瞭解得越多，收藏的樂趣也就越大。不然，以後要是別人問起來，你自己都不知道自己的藏品究竟是什麼，說出來多丟人啊。」

「那倒也是。」賈似道贊同地點了點頭，「不過，這瑪瑙樹應該是屬於化石吧，要拿也應該拿到地質研究所一類的地方去才對。」

「嘿嘿，河南省文物考古研究所那邊我有熟人。怎麼樣，是不是這回去的時候，帶一點樣品過去試試？」劉宇飛笑著說。賈似道有些動心了，要是整棵瑪瑙樹都運過去，即便是有希望能檢測出是什麼樹來，賈似道也不會樂意。現在只要隨身帶一點切割瑪瑙樹時切下來的樣品，也不算太麻煩。

因為地下室裏存放著那塊切割開來的巨型翡翠原石，賈似道便一直沒有帶劉宇飛去地下室裏參觀，甚至連那兩件劉宇飛提到的瓷器，也沒有拿出來讓他再度欣賞。

好在劉宇飛也明白很多藏家有一些珍品是不太樂於讓別人見到的，而賈似道又是剛開始涉足收藏行列，劉宇飛心裏覺得，賈似道的手頭不會有什麼特別的東西，而且劉宇飛對於瓷器的興趣也確實不高，在接下來的時間，倒也沒有再提起。只是到了臨走的時候，劉宇飛才提醒賈似道，要記得帶上切割瑪瑙樹所留下來的一些小塊碎片和照片，以便去到河南的時候找人鑒定。

之後，兩個人便和劉澤坤一道，先是到了寧波，再轉乘飛機到了河南鄭州。最初劉澤坤還建議要坐火車回去。結果，劉宇飛很不客氣地說：「坐火車？那多浪費時間啊。」

都說寸金難買寸光陰，到了現代，金錢在很大程度上是可以為自己爭取一些時間的。

三個人下了飛機，因為人生地不熟的，賈似道還想著劉澤坤帶路呢。結果劉澤坤也不是鄭州人，以前也沒坐過飛機到鄭州，對於這一帶自然也就不瞭解了。他的老家，是一個類似於臨海這樣的小縣城，在寶豐那邊，距離鄭州還有一段距離。

劉宇飛和賈似道商量了一下，決定先去一趟河南省文物考古研究所，把瑪瑙樹給鑒定一下。不然隨身帶著東西逛一圈，等回到鄭州時再去鑒定的話，還是比較麻煩的。尤其是對於劉宇飛和賈似道來說，不知道還會不會再回到鄭州來呢。

劉宇飛先打了個電話，預約了一下，聽到對方人正在文物考古研究所內，劉宇飛便說了一聲「馬上過去」，然後掛了電話。再看向賈似道時，那眼神有著說不出的得意，似乎他的關係足以讓賈似道羨慕一樣。

不過，賈似道表面上卻很平靜，他轉身叫了一輛計程車，先坐了進去。那輕描淡寫的態度，看得劉宇飛鬱悶不已。

第三章

收藏瓷器的動力

賭石對於賈似道來說太過簡單了，
伸手一觸碰就知原石中有沒有翡翠存在，
甚至於翡翠的質地，多少缺乏了一點樂趣。
對賈似道來說，要是沒有收藏瓷器這樣的動力，
僅僅是賺錢的話，那麼他的人生還有什麼意義？

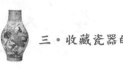

河南文物考古研究所在的地方，乍一看上去並不是很氣派，圍牆上貼著簡單的白色瓷磚，大門也僅僅能容兩輛車並排通過。

倒是大門口的參天樹木以及伸向院中的綠色枝葉，讓賈似道心裏琢磨著，這個地方應該是有些年頭了吧？

進入大門，兩邊的宣傳欄上，清楚地寫著河南文物考古研究所的發展歷史。賈似道跟著劉宇飛的腳步，進入其中的一個辦公室，裏面正坐著一位上了些年紀的老者。老者大概有五十來歲，穿著深藍色的有點像是中山裝的衣服，給人挺和善的感覺，也有著幾分學者氣質。

在他的對面，有三個客人，似乎是來鑒定東西的，正在等待著檢測的結果。

劉宇飛笑著上前打了個招呼，老者姓劉，劉宇飛稱呼他為劉教授。

緊跟著劉宇飛簡單地介紹了一下賈似道需要鑒定的東西。隨後，當賈似道拿出照片的時候，不光是劉教授，就連邊上還在等待著的三個人，也瞪大了眼睛看個稀奇。

照片上可以看到的幾隻附著在瑪瑙樹上的玉蟲，那活靈活現的模樣，實在是讓人看著喜歡。

劉教授記錄了一下，然後拿著幾個小塊的碎片，就進了實驗室，進行樣品分析，他告訴賈似道，一會兒要給帶過來的碎片做一次切片手術，也就是說，這些碎片將不能夠保證完整。當然，劉教授也解釋道，賈似道的東西和一般的大塊化石不同，帶過來的就是殘片，如果能夠允許切片的話，通過對切片的分析和研究，能更加真實和準確地解開整棵瑪瑙樹的秘密。

賈似道略微想了想，便點頭同意了。

檢測的過程有點麻煩，需要等待的時間也比較長。劉宇飛和賈似道便坐在辦公室裏，和另外三個人一起等著。閑著沒事，劉宇飛看了一眼神情鎮定的賈似道，湊過頭來，低聲說道：「賈兄，說實話，要是以後拿瓷器什麼的來鑒定的時候，千萬要注意，不要讓自己的東西離開視線範圍，越是珍貴的東西就越要注意這一點。像我們現在這樣坐在辦公室裏等，算是最無奈的選擇了。」

「你的意思是，我現在應該跟進去？」賈似道琢磨著，實驗室裏可不是這麼容易進去的。

「這一次他們分析的是切片，即便你跟進去了也沒用。」劉宇飛說道，「就那幾塊碎石頭，就是丟了你也不會心疼。我是說以後，要是有貴重的東西拿來鑒定，你自己多注意一些。」

「這倒是。」劉澤坤接了一句，「以前就有人讓我姐夫拿家裏的瓷器去研究

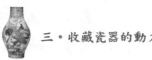

所鑒定一下。我姐夫擔心被人調包，就一直沒去。」

「這裏不是有你的熟人嗎？」賈似道看了劉宇飛一眼。

「熟人歸熟人。要是幾百上千萬的東西，熟人又怎麼樣？」劉宇飛沒好氣地說。

這話裏的意思不言而喻。一時間，不但是賈似道，連邊上的幾個人，也聽得心有戚戚然的樣子。這其中的一些門道，即便賈似道沒有經歷過，一些小道消息還是聽聞過的，多防備一些不是壞事。

約莫過了十來分鐘，辦公室外走過來一個女人，看到賈似道三人也不在意，而是對著另外幾個人說，他們所帶來的石頭並沒有什麼奇特的地方，是屬於常見的方解石，不過石頭的雕刻工藝倒還是不錯的，價值不會很高，要是自己喜歡的話，還是可以留存著收藏的。

賈似道略一打量，她手裏拿的是一個獸型的石刻，不是很大，大概有三四個拳頭並起來大小，模樣還挺有意思的，有點吉祥如意的圖案，材質上倒不太看得出來是方解石，看上去更像是玉石，難怪這三個人要來鑒定一番了。

看著他們二人失望而歸的模樣，賈似道不由得歎了一口氣。劉宇飛也微微地聳了聳肩。

那位女工作人員，講完自己的結論，給了他們一張鑒定書之後，就離開了。

又等了一陣，賈似道在房間外抽了一根煙，劉宇飛的熟人劉教授才拿著幾張鑒定結論的紙走了過來。他看到賈似道和劉宇飛的時候，臉上微微有些笑意。

這麼一來，賈似道心裏就坦然了不少。至少自己這一次鑒定，應該是物有所值了。

「小賈是吧？」劉教授先是看了劉宇飛一眼，然後才對賈似道說：「這東西，我們經過檢測，大體上和你們先前的猜測是一致的。整棵瑪瑙樹是在遠古時代形成的，根據其體積以及表層的形態和石質，尤其是對上面的玉蟲的分析，從地質學的角度來說，這麼大規模的一個群體被完整地保留下來，肯定是遇到了巨變，也就是通常所說的災難，才能保存下來。」

這些結論，賈似道和劉宇飛自然都已經知道了，這距離兩個人心中所希望得出的結果，顯然還有著不小的差距。

也許是注意到了賈似道和劉宇飛臉上的神色變化，劉教授繼續解釋道：「至於你們想要知道的，這棵瑪瑙樹的具體樹種類型，在中生代喬木類的植物比較多，像松柏類的是比較多見的，銀杏在中生代已經進化得很完善了。從分析來看，矽化木應當是喬木、松柏的可能性比較大。」

「劉教授，您的意思是說，這棵瑪瑙樹就是喬木嘍？」賈似道問了一句。

「可以這麼說。」劉教授點了點頭，說道：「不過，至於再具體些，卻很難鑒定出來了。畢竟木質的部分早就已經完全腐化了。而且，這棵瑪瑙樹並不是生活的一個遺跡，而是屬於活動的一個遺跡，就像是恐龍的腳印，它不是恐龍身體的某個部分，它是一個印跡。就是當時有一大群蠕蟲蠕動的痕跡，蟲的軟體部分，也早就沒有了。」

賈似道和劉宇飛聞言，點了點頭。賈似道接過鑒定證書看了看，上面也是如劉教授所說的那樣寫著。

劉宇飛自然是對劉教授一陣感謝。臨走的時候，劉教授還勸了賈似道一句：「儘量地保持這棵瑪瑙樹的完整性吧。這樣，不但可以保持這麼多玉蟲同時出現的稀有，瑪瑙樹本身也會因此而更加珍貴。而且，對於這棵瑪瑙樹玉蟲的市場收藏價值，也是非常有利的，這樣大型的東西，實在是不多見。」

以劉教授的年紀以及職位說出這番話來，賈似道倒也能體會出這棵瑪瑙樹的珍貴之處了，不能簡單地以一蟲十萬的說法來計算，劉宇飛事先所預計的一千萬的價格，倒是更合適一些。

出了辦公室，賈似道和劉宇飛對視一笑。

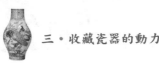

說起來，具體是什麼類型的喬木，賈似道和劉宇飛倒是無所謂。以前他們不過是猜測，現在可以肯定下來，就足夠了。即便劉教授說出中生代的喬木的名字，賈似道也不懂。

對於自己收藏的東西，尤其是像賈似道現在這樣的新手，能花點錢拿到一份鑒定證書，會讓他覺得心裏比較踏實。

在距離這個辦公室不遠的地方，就是陶瓷科技檢測中心，賈似道瞥見那個門牌之後，心裏有些蠢蠢欲動起來。他看了一眼邊上的劉澤坤，只見劉澤坤老實地等著，也不著急，劉宇飛更是一臉悠閒。

賈似道猶豫了一下，便拉著兩個人一起進了陶瓷科技檢測中心。

不管能看到些什麼，賈似道對於瓷器的興趣，遠遠地要大於家裏的那棵瑪瑙樹。當然，從價值上來說，瑪瑙樹上千萬的價格，已經足以讓人驚詫了。奈何這樣的東西，實在是可遇不可求，不如瓷器那樣普遍和有跡可循，可以讓賈似道萌生出學習、瞭解、收購、收藏的興趣來。

劉宇飛和劉澤坤看到賈似道那興沖沖的模樣，臉上滿是笑意。

讓劉宇飛感歎的是，從賈似道的身上，似乎可以看到幾年前，他自己初涉碧玉收藏時的情景來。

就在劉宇飛感慨時，他感到身邊有個身影一閃而過，抬眼看去，那人的身影已經到了前面賈似道的邊上，兩個人幾乎是並肩而行了。

賈似道也有所察覺，轉頭一看，來人是一位女人，三十來歲的樣子。她的手中正捧著一件東西，被舊報紙包裹得嚴嚴實實的，不過，從她要去的地方來看，賈似道猜測應該是瓷器，正準備拿去鑒定呢。

也許是看到了賈似道注視的目光，那個女人在匆忙行走間，還對賈似道笑了笑，略微一打量賈似道，沒有看到賈似道帶著什麼瓷器，不由就是一愣，她還特意抬頭看了一眼門牌，生怕自己是不是走錯了地方。

「這位大姐，您是來做瓷器鑒定的？」難得碰到一個同道中人，賈似道便出聲詢問了一句。說話間，兩個人已經邁進了陶瓷科技檢測中心的大門。

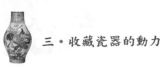

放眼一看，裏面的人還真不少。那個女人見此情景，倒不再像先前那麼著急了。聽到賈似道的詢問，便答了一句：「是啊，我剛從市場上收過來一件瓷器。大家都比較看好，只是我心裏還有些沒底。這不，拿過來看看。」

女人說話有條有理，穿著也十分講究，不像是普通人家的出身。

賈似道打量了一下四周，前面有幾個人正排著隊，隊伍尾端的幾個人比較清閒，在交頭接耳地說著什麼，可以看到他們的身邊都有盒箱，有的乾脆就是直接拿著瓷器。在檢測中心的邊上，安置有一排座椅，靠前一端的幾個位置，已經坐著不少人了，應該也是在等著檢測。

賈似道便邀請那個女人一起先到邊上等著。

談話間賈似道才瞭解到，原來她是一個女教師，對於瓷器的愛好，是因為家中有著不少祖上留傳下來的瓷器。賈似道聞言，不由得眼睛一亮。

「原來還是收藏世家啊。」賈似道忍不住感歎了一句。

此時，劉宇飛和劉澤坤也進到了陶瓷科技檢測中心，坐到了賈似道的旁邊。賈似道一番介紹，劉宇飛不禁開始說起自己的收藏之路，讓四個人之間的氣氛一下變得活絡起來。尤其是一些收藏過程中的趣事，即便是劉澤坤這個不懂收藏的外行人也聽得如癡如醉。

收藏一行，看重的不就是過程中的樂趣和古玩本身的歷史底蘊嗎？

看著劉宇飛的侃侃而談的樣子，賈似道覺得自己的內心裏，似乎正有一扇收藏的大門在緩緩地打開，讓人欣然神往。當然，賈似道不是簡單地想著自己的家中要收藏什麼樣的精品，只是覺得追逐自己喜好的古玩的過程中，應該會讓他以後的日子充滿了樂趣，不會像以前上班的那種生活那麼單調了。

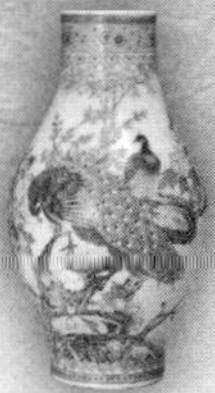

第四章

一口倒置的碗

「這碗看上去不錯啊。」劉宇飛贊了一句。
女教師說：「這可不是碗，正確名稱叫做太白尊。
不過，把它翻過來，的確就像是一口碗了，
唯一的區別就是開口的方向不一樣，
要是沒有收藏過瓷器的人，乍看，
還有點像是一口倒置著的碗。」

劉澤坤在邊上一直沒插上話。女教師說，她平時會到古玩市場上去逛，遇到自己喜歡的才會出手。她沒有像劉宇飛這樣為了收藏而滿世界跑，最多也就是去過周邊的幾個城市的古玩市場。尤其是去了一趟北京的潘家園，花了不少錢。說到最後，她也感歎了一句，打眼的時候多，遇到好東西的時候少。

像劉宇飛這樣把收藏當成生活，是女教師所羨慕的，奈何她沒有那樣的眼力和實力罷了。一來還要教書，二來，收藏瓷器僅僅是她的一個業餘愛好。要不是從小就受到家庭的薰陶，恐怕她也不會玩起收藏來。

劉宇飛看看她手中捧著的瓷器，問了一句：「既然是剛收上來的東西，不如打開來，先讓我們開開眼？」

「好呀，開眼不眼的倒是見笑了，不過，幾個藏友事先看過，都說東西挺對的。」女教師小心地把舊報紙打開來，露出了其中包裹著的瓷器。賈似道看去，器型像是倒置的一口大碗，顏色微微有些暗紅色。

「這碗看上去不錯啊。」劉宇飛贊了一句。雖然他不太懂得瓷器，不過好話還是要說上幾句的，說完這麼一句之後，劉宇飛的眼神卻看向了賈似道。誰讓他是收藏碧玉的，那麼也就只有賈似道這個新手能對這件瓷器說上幾句了。不然人家都把東西拿出來了，說不出點什麼來，也實在是有些尷尬。

「這可不是碗，正確的叫法叫做太白尊。」女教師先是糾正了劉宇飛的口誤，弄得劉宇飛有些不太自在，他訕訕地笑了笑，便閉口不語了。女教師也知道劉宇飛的收藏喜好和瓷器搭不上邊，隨即解釋道：「不過，要是把它翻過來，的確就有點像是一口碗了，唯一的區別就是開口的方向不一樣，要是沒有收藏過瓷器的人，遠遠一看，還真有點像是一口倒置著的碗。」

「呵呵。」看著劉宇飛有些臉紅的模樣，賈似道忍不住笑出聲來。

「賈兄，你也太不厚道了。」似乎是有點介意賈似道的落井下石，劉宇飛對賈似道說道：「不就是說錯了嗎，反正我不是玩瓷器的，說不上來、甚至說錯了也情有可原。」

「別在這裏偷換概念，名稱複雜並不表示器型就複雜了，能把太白尊說成是大碗的，估計也就你一個人了。」賈似道沒好氣地說。的確，古玩裏很多東西的正確名稱很繁瑣。就比如一把僧帽壺，先要在最前面加上確切的製作年代，然後是質地，再然後是僧帽壺上的紋飾類別，整個一連串下來，可不就複雜了。

劉宇飛就和賈似道說過，他家裏有那麼一件東西，就叫「清乾隆碧玉浮雕獸鈕花卉暗八寶紋僧帽壺」，賈似道第一次聽到那一長串的名稱時，都覺得劉宇飛說這名稱時有些氣喘。

劉宇飛剛才把太白尊說成是碗，可和古玩的中規中矩的繁瑣名稱沒有多大關係，完全是把器型給搞錯了，也難怪賈似道會嘲笑他了。好在兩個人之間也熟了，倒是讓女教師和劉澤坤聽了，不禁一樂。

劉宇飛大言不慚地說：「賈兄，看你說得頭頭是道的，那這口太——這件太白尊你來說說？」

「我說就我說。」賈似道答了一句，說道：「這太白尊，又稱為太白罈、雞罩尊。清康熙官窯典型器物之一，因模仿詩人、酒仙李太白的酒罈而造，故有了太白尊之稱。又因形似圈雞用的罩，也有『雞罩尊』之稱。造型為小口微收，短頸，溜肩，腹部漸闊呈半球形，淺圈足旋削得窄小整齊，腹部多淺刻團螭圖案。」說完了，賈似道還不無得意地看了劉宇飛一眼。

「看來小賈的知識積累不錯。」女教師贊了一句。

「這些話，都是在耿寶昌先生著的《明清瓷器鑒定》上寫的，我只是復述了一遍而已。」這一陣子賈似道可沒少翻閱資料，也記下了不少，這會兒看劉宇飛那挑釁的眼神，便背了一段出來，炫耀一下。

因為兩個人都是瓷器收藏愛好者，女教師不用賈似道提醒，便把太白尊給放到了座椅上。賈似道拿起來的時候，感覺重量還比較合適。

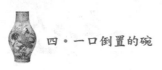

一般而言，太白尊的口在兩到三釐米之間，高度八釐米出頭，底徑大約有十二釐米左右。賈似道粗略一打量，眼前這件至少在器型上還是挺對的。

要知道，因為燒製和拉坯的技術問題，後世所仿太白尊的器形規格與真品相比非大即小，紋飾也大多過於生硬，辨別起來還是比較容易的。

再看顏色，屬於典型的豆紅，瞧著也挺漂亮，底部還有款識。拿出放大鏡仔細看了看，又在手裏掂量了一下，賈似道心裏不禁有些欣喜，感覺這東西是挺不錯的，該是女教師撿了個漏吧。羨慕雖然說不上，畢竟賈似道也經歷過撿漏這樣的好事，並且還接二連三地從洪老太太那裏收了幾件好東西。這會兒剛來河南，就遇到了一件真品，哪怕是別人的，也算是一個不錯的開頭吧。

不過，就在賈似道剛放下手中的太白尊的時候，眼睛不由一亮，略一猶豫，再度拿了起來，用放大鏡在口沿處仔細看了看，還伸手在口袋裏摸了摸，歎了一口氣。因為管鏡不如放大鏡方便，賈似道沒有隨身攜帶。

「怎麼樣？東西不對嗎？」看到賈似道的神色變化，竟然微微有些失望，女教師不由得著急地問了一句。

賈似道抬頭，笑著問了一句：「大姐，您這東西是多少錢收來的？」

「這個……花了不少錢。」女教師猶豫了一下，沒有說出具體的價格。

賈似道也不在意，想來像女教師這樣自己稍微懂點瓷器，又能拿到陶瓷科技檢測中心來鑒定的東西，多少都值點錢。哪怕最後鑒定出來是作假的，也都是仿製得有些手段的東西。不然，要是一眼看出是假的瓷器，誰還會花那個冤枉錢來做鑒定啊？

「大姐，您也知道，我是個收藏的新手，如果您想聽聽我的意見，我覺得您還是不用去做鑒定的好。」賈似道琢磨著，考慮了一下措辭，才說道：「簡單點說，這件大清康熙豆紅太白尊，無論是在器型上還是底款上，都是很不錯的。想必先前你的那幾個藏友，也都是這樣說的吧？」

「是啊，他們說這個器型比例合適，口部很小巧，而且有些外翻，肩腹之間的過渡很自然。另外，釉色的色很純正，紅色勻和晶瑩，微微有些綠夾雜在中間。再有就是胎質潔白細膩，並且有糯米感。」似乎是聽著賈似道的語氣還不錯，女教師自己倒說開了。

賈似道聞言，只是淡淡地笑著，並不答話。劉宇飛在邊上看到賈似道的笑容時，卻感覺到有那麼一點不對味，便拍了賈似道的肩膀一下，問道：「賈兄，你的意思是說這東西是對的，不用再花錢去鑒定了？」

「我倒是覺得，這東西要是不鑒定一下，總感覺心裏有些虛。」賈似道還沒回答呢，女教師便接了一句：「我在家裏的時候，用管鏡觀察過，釉下的氣泡大小不一，側光看還有淡淡的乳白色光暈。還有就是它的底款，雙行六字的楷書官款，很清晰很規整，正是康熙款的特點。不過……」

「不過，正因為它的一切表現都太好了，所以，你心裏就有些不太確定，對不對？」見到女教師猶豫，賈似道便插了一句，說完聳了聳肩，露出一絲苦笑來。

說起來，有的時候收藏者的直覺還是挺準確的。有些東西即便東西是對的，也已經遇上了，但如果沒有緣分的話，同樣會錯失過去。而有的時候，即便是什麼都不懂，運氣到了，同樣可以撿漏。

收藏這一行，並不缺少這樣的事例。同樣一件東西，眼力不到位，錯過了的事情，恐怕每個人都會有，區別只在於，有些人事後能知道，有些人一輩子也不自知罷了。

女教師很贊同地點了點頭。

賈似道正想說自己的意見呢，就有人過來打攪了。四個人雖然坐在邊上，但是這麼一件瓷器擺著，又說了這麼多話，自然會引起其他人的注意。原先有幾個正坐等著的藏友，不知不覺間就聚到了賈似道的邊上。其中一個人先是和女教師打了個招呼，然後小心翼翼地上手看了看這件太白尊。

他一邊看，一邊還對身旁另一位中年男子說了一句：「老陳，這可是康熙豆紅啊，存世應該不是很多。不過，這幾年在一些拍賣場上倒是頻頻亮相。這件東西如果開門的話，放在拍賣場上，最少也能值個幾十萬的，如果拍得好，興許過百萬也是有可能的。」

這麼簡單的一句，賈似道幾個人立刻對這位中年男子刮目相看。能夠關注到拍賣會的行情，並且能隨口就說出來的，至少說明他也是收藏一行的人。大家互相自我介紹了一下，這男子姓李，另一位姓陳，兩個人年歲相當。

他們的裝備卻比賈似道要齊全多了。老李說話間，老陳便拿出了管鏡，察看起瓷器表面的釉色來。那專注的神情，讓女教師和老李之間說話時聲音都放輕了不少。

「好，真是好東西。」用了幾分鐘的時間，老陳看完之後，才感歎了一句，收起工具，並且把太白尊重新放好，再示意老李也看看，又感歎了一句：「眼力不錯啊。」

「呵呵，運氣而已。」女教師客氣了一句，「我看陳大哥也是個藏家，這會兒是來做鑒定的吧？」

「哪裏啊，陪著一個朋友來的。」老陳說著，指了指正在排隊的一個人。賈似道看過去，那邊的隊伍還有不少人。

「既然陳大哥看過這件東西了，不如給我說說？」女教師說道，「剛才我們正討論著呢。這位小兄弟，剛才還勸我不去做鑒定了。」

老陳聞言，頗有些詫異地看了賈似道一眼。賈似道有些訕訕地笑笑，隱約間感到對方的眼神並沒有任何輕視，相反，還有些贊許。這讓賈似道心裏一動，莫非這位老陳，也看出了不對的地方？

「那我就說說我的看法吧。這豆紅釉是康熙時期御窯廠創新的一個色品種，因其色如成熟的豆而得名，是康熙年間瓷器作品中的上乘之作。」老陳說到這裏，話鋒一轉：「不過，豆紅釉的燒製工藝非常複雜，如果不掌握一定的技巧，很難製成。它所具有的柔和色調，是由於釉中的銅膠體錯綜複雜的分佈而形成的，燒成時倘若氧化焰超過需要量，就會出現綠斑。就是這些……」說著，老陳指了指老李手中的太白尊，示意了上面的點點綠斑。

「因為這種技術很難掌握，這也造成了豆紅無大件器物，最高不過二十多釐米，而且器型也不到十種，大多是文房用具，如印盒、筆洗之類。」老陳說，「你這件太白尊色純正，點點綠苔夾雜中間，這些特徵都很對。只是……」

「只是什麼？陳大哥儘管說。」女教師知道老陳不好開口，便先說了一句，好讓對方放心。畢竟，收藏一行，即便是請人掌眼，哪怕東西不對，人家也不會直接說出來，只是說看不太明白。不然，賈似道在剛才初一看出問題的時候，恐怕就直接開門見山地說了。

「既然如此，那我就直說了。」老陳似乎是猶豫了一下，「你們剛才也見到了，我用管鏡仔細地看了看，覺得這色純正是純正了，而且用側光看表面上也有乳白色的光暈，而且其中的氣泡也是大小不一，這一切都表示這件太白尊是大清康熙年間的珍品。不過，這些氣泡的通透感卻給人感覺很怪異……」

「陳大哥的意思是說，這件太白尊的色有作假的可能？」女教師自然是馬上就明白了對方話裏的意思，即便老陳說了要直說，但出口的話多少還有些婉轉。這讓賈似道聽了，覺得有些好笑。

明明心裏已經認定了這件東西是作假的，話語上卻說得滴水不漏。哪怕女教師去鑒定了之後，確定東西是真的，女教師恐怕也無可反駁，無非就是老陳承認自己眼力還不夠罷了。更何況，到現在為止，人家也還沒有把話說死。

再看老陳，這會兒也只是站在邊上微笑不語。

這其中的深意，恐怕只有女教師自己去琢磨了。而且，越是琢磨，女教師的心裏就越有些猶疑起來。

「小賈，你怎麼看？」想了想，女教師還是詢問賈似道的意見。這倒不是她認為賈似道就一定能說出點什麼來，只是下意識地想要尋求一種心理上的安慰。畢竟這是品相挺好的一件東西，忽然聞言說是作假的，任誰心裏都會有些失落。要是遇到個脾氣倔的，說不定當場就能較起勁來。

「大姐，其實這位陳大哥所說的關於色上氣泡的問題，我還真沒看出來。我剛才來的時候匆忙，沒有帶上工具。」賈似道轉頭看了一眼那邊還在察看的老李，用眼神示意了一下，說道：「如果你心裏有懷疑的話，不妨問一下那位李大哥，或者可以借他的工具現在再看一下。」

女教師雖然說過先前已經看過不少遍了，但是，一件古玩，當覺得它是真的時候，就會越看越覺得是真的，反之亦然。

如果在收東西的時候，每個人都抱著一個懷疑的態度的話，勢必能減少不少打眼的機會。當然，收藏愛好者都渴望自己撿漏。一旦看到品相好的東西，往往會喜形於色，再不濟也是觸動心弦，心情很難平靜下來。尤其是知識掌握得不到位的話，比起普通人來更容易打眼。

一般人見到古玩，因為不懂行情，也就不知道其價值，出手的時候價錢自然不會很高。古玩玩家卻因為有所瞭解，知道真品的市場價值和收藏價值，所以一旦認定是真品的話，那出手的時候很可能就會賭上一把。這個暴利的行當，願意賭上一回的人，多了去了。

女教師聞言，也心有感觸，便湊近到老李身邊。正好這會兒老李放下了手中的太白尊，看到女教師有些焦急的樣子，淡淡地笑了笑，很自然地遞過手中的管鏡。

也許是剛才在觀察中也注意到了這邊的談話，老李很有深意地看了賈似道一眼，神色間頗有贊許的意思，卻並沒有開口說話。賈似道看其神色，似乎對自己的鑒定很有把握，這不由得讓賈似道多留了一點心。

別的條件，賈似道都不缺，收藏所需要花費的資金，只要賈似道再去雲南或廣東、甚或是緬甸幾趟，賭上幾回原石，就能把收藏上的花費給補上來。但是收藏這一行的人脈，卻不是有錢就能建立起來的。

要是每次都去拍賣會買東西，恐怕會少了很多樂趣吧。畢竟，有很多珍品壓根兒就不會出現在拍賣會上。

在見識過衛老爺子以及果凍的太爺爺這種級別的收藏之後，賈似道的眼界也更加高了。

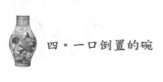

既然不用考慮資金，也就沒有必要什麼東西都收了。

「還真和陳大哥說的一樣，這色中的氣泡雖然大小不一，通透感卻有些差。」女教師看罷之後，有些無奈地說，連把管鏡還給老李的動作也顯得有些漫不經心，那種失望溢於言表。

「呵呵，其實這件東西，製作者可謂用心良苦，特別是色、胎質都是一流的，就連底足的款識也模仿得維妙維肖，在古玩市場上，不要說一般收藏愛好者了，就是一些行家恐怕也會打眼。」聽到女教師自己說出太白尊有些不對之後，老陳倒是安慰了一句。

「老陳說得是啊。」老李也附和道，「如果把這件東西送到一般的拍賣會上去拍，估計也有不少人會打眼。」

「可是，就憑這麼一點，就能判定這件太白尊是作假的嗎？」女教師似乎還有些不甘心。

倒是賈似道聽老李開口閉口都說到拍賣會，心裏對於他職業的猜測更有些肯定了。

「那倒不是。」老李說，「其實，這件太白尊還有一個最大的敗筆，就是它的口沿。不知道你們注意到了沒有，這個太白尊的口沿處並沒有留下白邊，而康熙豆紅太白尊的口沿必定留有很規整的白邊，非常清晰。這件因為是作假的，所以製作的時候掌握不好吹的技術，沒辦法做出真品那樣豆紅色與白邊分界清晰的觀感。」

女教師再仔細打量自己的太白尊，可不是嗎，整個太白尊的口沿清一色的豆紅，雖然紅得讓人欣喜，但要是出現在不該出現的地方，卻越看越覺得有些彆扭。

收藏一行就是這樣，很多作假的細節，只需要掌握了器物的全部特徵以及瞭解了那個年代的技術，那麼，真的東西假不了，假的東西也真不了。鑒定一件瓷器，無非就是這麼簡單的事情。

出了文物考古研究所，賈似道和劉宇飛也不再耽擱，跟著劉澤坤一起去往他的姐夫家，這才是賈似道此行的最終目的。而從鄭州到寶豐，雖然還有不近的距離，坐火車倒也還比較方便。

一路上，劉宇飛都用很怪異的眼光打量賈似道，弄得賈似道渾身不自在。

「賈兄，你是不是從一開始就看出了那口大碗，哦，就是那件太白尊，是作假的東西？」劉宇飛猶豫了一下，忍不住問了一句。

「呵呵，看出來又怎樣？我又不能直接說出來。」賈似道還正是因為注意到太白尊的口沿處不對，才認定那件東西不是真品的。這也算是賈似道瞎貓碰到死老鼠，他看資料的時候把這一點給記住了。說起來，瓷器的品種繁多，各個朝代又各不相同，像賈似道現在這樣能夠憑著簡單的學習就能看出來是作假的東西，只能算是運氣了。

而後來老李和老陳也這麼說之後，女教師下了決心把豆紅太白尊重新包了起來，不準備花鑒定的冤枉錢了。

當然，有了這一插曲之後，幾個人也算是認識了。他們互相交換了名片，連劉宇飛這個不喜歡瓷器的人，也興沖沖地遞著他的名片。用劉宇飛的話來說：這就是人脈啊！

女教師臨走的時候，還特意邀請幾個人要是有空的話，可以去她家裏看看她祖上傳下來的幾件瓷器。賈似道頗有些心動，不過，看著女教師的名片，賈似道才知道對方也不是鄭州人，只是目前在鄭州教書而已。

而祖傳的瓷器，自然是放在老家女教師的哥哥那邊，所幸距離鄭州也不太遠。兩個人約好了，等賈似道有空時，會去鄭州找女教師去看看那些祖傳瓷器。

老李名叫李亮，老陳叫陳琦，也都是瓷器收藏愛好者。尤為讓賈似道注意的是，李亮是一個拍賣行裏瓷器類的鑒定師，難怪他對於瓷器的市場價格有著準確的判斷了，賈似道手裏拿著那張名片的時候，便多了一分看重。

「看來，你小子還真是花了不少工夫啊！」劉宇飛感歎了一句，「說起來，我們在別人的眼裏也都算得上是怪胎了，本身玩的是翡翠，卻喜歡收藏其他的東西，就好比我喜歡的碧玉吧，無論是在市場價值上還是在流通性上，都比不上翡翠，但我心裏就是偏偏喜歡碧玉，還經常為此放下手頭翡翠的生意，全國各地跑。」

賈似道一笑。他如果每天都去賭石，自然可以積累到足夠多的財富。可是，正因為賭石對於賈似道來說太過簡單了，伸手一觸碰就能知道原石中有沒有翡翠存在，甚至於還能知道裏面翡翠的質地，多少缺乏了一點樂趣。

對賈似道來說，要是沒有收藏瓷器這樣的一個動力，僅僅是賺錢的話，房子買了，車買了，如果媳婦也娶了，那麼他的人生還有什麼意義？總需要找一點自己的興趣吧。

而且，賈似道隱隱感覺到，他的特殊能力在鑒定瓷器上或許並不像現在這樣沒有用武之地，只不過是他自己還沒有發現罷了。

幾個小時之後，三個人來到了寶豐，從火車站直接搭車到了劉澤坤姐夫家裏。

劉澤坤的姐姐在家，劉澤坤說明了來意後，他姐姐劉淑先是盯著劉澤坤看了好一會兒，臉上還微微帶有一絲不悅，然後似乎是顧忌到賈似道和劉宇飛，才進了房間，打開櫃子取出四個瓶，從器型上來看，其中有兩件是抱月瓶，還有一對梅瓶。

根據劉澤坤所說的資訊，他姐夫家裏有好幾件抱月瓶，賈似道便下足了工夫在抱月瓶的鑒別上，對於梅瓶的知識沒有掌握太多，一時間也不好胡作評價，只是在上手把玩的時候，看了看釉色，感覺應該是清朝的東西，心裏也不是十分肯定。

倒是那兩件抱月瓶在賈似道看來，是清朝的東西無疑。其中的一件，只是在品相上比阿三收下的那件稍微好一些，器型上類似，大小也差不多。至於價格，賈似道琢磨著應該也就在六七萬左右。

另外一件抱月瓶，是青花色很濃的清乾隆青花纏枝蓮紋抱月瓶。形制碩大，高度應該有半米左右。整體的形制是依照傳統的抱月瓶樣式製作的。但相比起賈似道在資料上看到的最普通的樣式而言，眼前這件抱月瓶卻又不乏創新的地方。

瓶口是蒜頭式的，上繪青花纏枝蓮紋，束頸飾靈芝如意紋，下接圓腹，整體造型張弛有度、端莊秀麗。口部左右飾如意耳，線條自然流轉。腹部渾圓，前後台面採取乾隆時期獨創的裝飾手法，以青花卷草紋飾鉤邊，將豆青填於其中，豆青下暗刻纏枝花卉紋飾，正中繪以篆書「壽」字，四周襯青花如意形花葉，下承方足，足牆繪有一周的蕉葉紋及回紋。

尤其是底足，落有青花的「大清乾隆年製」這樣的六字三行篆書款。這一點無疑說明這件東西是官窯，而且是乾隆年間比較重要的大型宮廷陳設器。

不要說賈似道了，就是劉宇飛這個不懂瓷器的人，在眼前擺著的四件瓷器中，也是最看好這一件。

賈似道自然對手上的這件清乾隆青花纏枝蓮紋抱月瓶非常喜歡，不由得對劉澤坤使了一個眼色。

劉澤坤猶豫了一下，才對他姐姐開口詢問是不是有打算出手的意思。

劉淑瞥了劉澤坤一眼，不說話。這讓他們心裏沒底。其實，在賈似道和劉宇飛剛進來的時候，劉淑就猜到了會有這樣的結果。這個時候房門打開，劉淑的兒子回來了，他十五六歲的模樣，個子不算高。

看他的穿著和模樣，應該是剛打籃球回來。劉淑便向賈似道和劉宇飛說了一聲，讓兒子先留在客廳裏，自己則拉著劉澤坤進了房間。

好一陣的商量過後，兩個人才出來。

賈似道趁著這段時間，繼續觀察著手中的抱月瓶。劉宇飛閑著沒事，和劉淑的兒子聊了起來。談話中，賈似道和劉宇飛才知道，劉澤坤的姐夫生前也是個瓷器發燒友，尤其對抱月瓶情有獨鍾，再加上有些家底，祖輩上傳下來幾件，自己又收了幾件，便有了現在的收藏。

客廳裏擺著的四件，顯然只是他們家收藏的一部分。

看到劉淑和劉澤坤一起出來，賈似道自然主動地詢問結果。

劉淑先是坐了下來，看了看桌上擺著的四件瓷器，用手指了一下其中官窯款的抱月瓶，說道：「如果你們真的喜歡的話，除了這一件，其他三件你們可以隨意挑。」

賈似道就有些苦笑了，除了最好的這一件，其他的三件，梅瓶他根本就看不懂，自然不敢收了，而另外的這件抱月瓶，如果他想要的話，恐怕當初在臨海的時候就能把阿三收的那件要過來了，也沒必要這麼大老遠地跑來河南一趟了。

「劉大姐，您看，其他的幾件呢，雖然看著還不錯，不過，要是用來收藏的話，無論是品相還是色，距離我們收藏的要求都還有著不小差距。」到了這時，賈似道也只好實話實說了，似乎劉淑看上去對瓷器並不是很瞭解，但是她丈夫生前恐怕有交代。

「如果這件抱月瓶您有意思出手的話，在價格上，我們還可以再商量。」正說話呢，劉宇飛在邊上拉了賈似道一下。

賈似道轉頭看了他一眼，劉宇飛用眼神示意了一下劉澤坤。賈似道再轉回頭看去，這會兒的劉澤坤正在劉淑的邊上給他打眼色呢。賈似道不由得一愣，就聽到劉澤坤說：「姐，剛才我也說了，這兩位是我在沿海那邊認識的朋友，對於瓷器確實是喜歡。您看，家裏這樣的瓶也不少，再說，小亮他下個月不就要……」

「小亮的事情我心裏有數，我會想其他的辦法的。」劉淑打斷了劉澤坤的話，說道：「這件東西是你姐夫生前交代過的，要留下來傳給小亮的，我自然不能現在就把它賣了。而且，如果真的缺錢，為了讓小亮上學的話，把另外的幾件瓷器拿出去賣了，學費也夠了。」

那語氣幾乎沒有商量的餘地，劉澤坤聽了也無從反駁，更不要說賈似道了。他只能摸了摸鼻子，遇到這麼一個情況，讓初入收藏一行的賈似道有些不知所措了。

劉澤坤還勸說了幾句，無非就是這一件比較值錢，賣了其他三件還不如這一件的錢呢。劉淑卻說了一句：「值錢？值錢這件也不能賣。」

「姐，我記得以前還看到過其他幾個瓶。」劉澤坤換了個話題建議道，「不如也拿出來讓我們看看？」

邊上的賈似道不由得遞了一個讚賞的眼神，心裏也有些期待起來。

不過，劉淑的話，卻讓賈似道的心情再度鬱悶起來。她說：「那幾件也是不能出手的，我就不拿出來了。」劉淑說著，又看了一下桌上的四件瓷器，說道：「這四件是因為放在一個櫃子裏，我才把這件你姐夫交代過的也拿了出來。」

那意思似乎是，要不是放在一起的話，他們連這件也看不到了。

到了最後，雙方也沒有達成協定。賈似道想要的，人家不出手。人家願意出手的，賈似道又不想收。臨走的時候，賈似道還有些不甘心，他遞出了一張名片，說道：「劉大姐，您看，我是誠心喜歡瓷器。要是這件抱月瓶您以後想要出手的話，能不能優先考慮我呢？」

劉淑看了賈似道一眼，沒說話，不過，猶豫之後還是伸手接過了賈似道的名片。這讓賈似道的心情稍微好了一些。

出門之後，劉宇飛呵呵一笑，拍著賈似道的肩膀說：「賈兄，別哭喪著臉。遇上這樣的事情，算是正常的了。人家沒有拿掃把把你趕出來就不錯了，說明你還有不小的希望。」

「你有過被趕出來的時候？」賈似道問了一句。

「那個……」劉宇飛訕訕一笑，「我怎麼可能會遇到這麼倒楣的事呢？是我認識的一個朋友遇到過，講給我聽過。要是遇到脾氣不好的，直接開罵的都有。收藏這一行，哪有一來就做成的啊。這可是趕到人家家裏去收東西，和在古玩市場上的不一樣。」

「那倒也是。」賈似道點了點頭。古玩市場上的東西，本來就是人家準備賣的，只要看上了，談妥了價錢，也就成交了。這家裏收藏的，卻是沒有出手的打算。想要收過來，自然需要花費一番工夫了。這麼一想，賈似道的心情也就舒暢了不少。

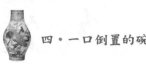

「這收東西啊，一定要有耐心，尤其是遇到自己喜歡的東西，一定要學會死磨硬泡，這跟追女人是一個道理。心誠了，思想工作做到位了，好東西自然也就跑不了了。」劉宇飛對賈似道侃侃而談，「而且，我剛才看劉姐的表情，似乎還不算太壞。只要你從她的兒子那裏著手，再讓劉澤坤在邊上搭搭腔，應該花不了多少時間就可以搞定了。」

「是啊，是啊。小賈，我倒是覺著從小亮那邊突破是個不錯的主意。」劉澤坤跟著他們出來，接了一句：「我姐對小亮可是寵得很。再說，這東西到最後還不是留給小亮的？只是……」

「有話就說吧。」這幾天下來，賈似道瞭解到劉澤坤這個人除了好賭之外，也還算是個不錯的人。

「只是需要耽誤你們幾天。」劉澤坤說道。

「我還以為是什麼事呢。」賈似道笑道，「沒事，只要有希望，我就是在這邊住上十天半個月的也無所謂。」難得遇到一件喜歡的東西，花點時間，賈似道還是樂意的：「對了，剛才你姐拉你進房間，都說了什麼？」

「那個……」劉澤坤三十多歲的人了，竟然還有些不好意思，他說道：「我姐問我是不是欠了你們的賭債，才把你們帶到家裏來看瓷器的。她以為我事先就把瓷器給抵押了呢。」說完，劉澤坤還用手撓了撓後腦勺。

賈似道和劉宇飛不禁笑出聲來。劉宇飛還開玩笑似地說了一句：「看來，你姐沒用掃帚把我們趕出來，已經是很不錯的了。哈哈……」

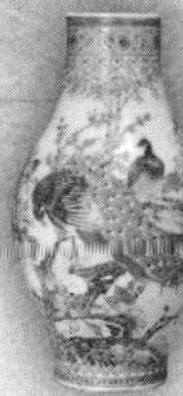

第五章

古玩地下黑市

古玩地下黑市交易一直存在著，屢禁不止。
不說古玩一行人了，就是一般的平民百姓，
也聽過傳言，好比地下拳市、地下賽車一樣。
比起拍賣會，古玩地下黑市的交易，
不管是在貨物還是人財方面，
都有著更大的風險。

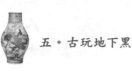

第二天一早，劉宇飛就拉著賈似道一起出了賓館。兩個人都到寶豐了，自然要去古玩市場上逛逛。

寶豐這個地方有著深厚的文化底蘊，尤其是在瓷器上，周圍這一帶，汝州、禹州可是出產鈞瓷、汝瓷的聖地啊。而且，劉宇飛還準備在古玩市場上找到一些自己喜歡的碧玉呢。

不過，賈似道卻對劉宇飛的打算嗤之以鼻。如果想要在這邊淘到一件好瓷器還有可能的話，那麼碧玉恐怕就沒什麼希望了吧？但是到了古玩市場之後，賈似道覺得自己的結論下得有些早了。

這個市場上除了瓷器之外，其他的東西也不少。規模比起上海的城隍廟來，自然是小了許多，但是在賈似道和劉宇飛粗粗逛了一圈之後，卻深有感觸，也許是地方靠近鄉下，相當於是古玩交易的第一線了，存在珍品古玩的機率也會高一些。很多東西，小販們自己也不是很瞭解，無論是好東西還是作舊的東西，都胡亂地摻雜在一起，更加考驗收藏者的眼力。

畢竟，小販們的東西，來源是各種各樣的，有的是鄉下收上來的，有的是盜墓來的，還有些是作舊的。

劉宇飛偷偷地告訴賈似道：「別看寶豐這樣的地方本身就出產瓷器，但越是這樣的地方，瓷器類的東西就越是贗品橫行，反倒不如其他類的古玩，要來得更真一些。」

說這話的時候，劉宇飛的臉上露出了得意的笑容，賈似道看著就覺得彆扭，敢情劉宇飛早就知道了這樣的狀況，難怪還要拉著他來古玩市場呢，純粹就是來消遣賈似道的。當然，也存有想要拉個人來結伴的意思，比起一個人自己逛古玩市場來，有賈似道在旁邊，至少還能說說話。

賈似道看了看周圍還算熱鬧的市場，心裏不禁感歎自己對於瓷器的知識畢竟還是掌握得太少了。不然，有著左手特殊感知能力的輔助，只要賈似道能夠看出東西的外在表相比較對的話，再用感知能力去探測一下瓷器的胎質，與瓷器所在同一個朝代的標準器比較一下，多少還能夠有些把握。

只是，這樣的探測，一來賈似道還不是百分百地有把握，即便是感知對了，也只能算是心理上的一種安慰，二來，賈似道至今還沒有上手過的標準瓷器，這讓他腦海中的參照感知很少，又哪裏能相互比較呢？

「走，去那邊看看，說不定可以找到墨玉壽星呢！」劉宇看到周圍的東西雖然作假的很多，尤其是瓷器，但是行人依然絡繹不絕。還有些店鋪是專門出售旅遊產品的，價格低廉，模樣和一些小販們自詡真品相比起來一點兒也不差。購買的人還是很多的，花個幾十或百來塊錢，挑個自己喜歡，也不用擔心東西對不對。反正買回家就是放著看看，當個不錯的擺設，也就是留個紀念了。

賈似道尋著劉宇飛指的方向看去，離他們不遠的地方，正有一大群人圍在一個古董攤前面，隱約可以看見一個小販正在口沫橫飛地向一位顧客兜售手裏的東西。

賈似道和劉宇飛走近的時候，明顯可以感覺到眼前所進行的只是一樁簡單的交易，卻裏三層外三層地圍了個水泄不通，究其原因，實在是這位小販的口才太好了，把自己的東西說得神乎其神，彷彿是他親眼所見，親身經歷了那千百年前的歲月一樣。

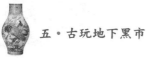

「您看這面青銅鏡，絕對戰國的青銅器，您看這邊的弓形鈕，這款式可是只有當時的大人物才能用的紋飾啊。興許這就是戰國四公子家裏的東西呢？再看這兒，還有這些邊沿，這邊鏡面的成色，您是行家，這青銅器可不像瓷器、書畫，可不容易蒙得了人。」小販說著，還把東西直接塞到了買家手裏。

買家將那面青銅鏡拿在手裏翻來覆去地察看的時候，小販還在介紹著這件東西的來歷，只是說著說著，聲音卻小了很多，彷彿是生怕太多的人聽見一樣。那模樣是做足了，但是，這大庭廣眾的，大家也都可以聽得見。原來這面青銅鏡是他一次下鄉時從一個老人家裏得到的，據說是幾十年前盜墓出來的東西。

小販說得煞有其事，不要說買家了，就連劉宇飛和賈似道也聽得津津有味。不說直接出錢買吧，就光是聽這麼一回故事，也值得兩個人站上這一會兒了。不過，買家看上去似乎對於古玩市場上的門道還是略懂一些的，顯然不會被一個小故事打動，心裏雖然有些喜歡，臉上的神情卻還是有些猶豫。

他剛想放下手裏的銅鏡推脫一下，邊上就有一位老者站了出來，說道：「你看好了吧？如果不看了，就讓我看看。」

買家把銅鏡遞給老者，老者戴上老花眼鏡，又從口袋裏摸出一個放大鏡，仔細地觀察了起來。看了一會兒之後，又將青銅鏡放到自己耳邊，用手指輕彈了一下，聽聲音很清脆，便點了點頭道：「東西還不錯。雖然品相有些瑕疵，但這紋鈕清晰可見，橋形鈕背上有三道凸起的弦紋，這可是戰國銅鏡的重要特徵之一……這東西多少錢？」

小販立刻笑臉迎上，說道：「您老真是好眼力。這把玩的動作，沒點真功夫可練不出來。」略一猶豫，他說道：「這樣吧，這青銅鏡面的一邊的確有些殘。再說了，您自個兒也是個行家，肯定知道行情。一口價，三萬塊錢，您要就拿去。」

老者琢磨了一下，說道：「三萬塊太貴了，如果品相完好的話，倒是值這個價。這件一萬五我就要了，怎麼樣？」

「一萬五也太少了。」小販搖了搖頭，「雖然現在青銅器的行情不太景氣，但也沒跌到這種地步。我收上來的時候，可是花了大價錢的。您再加一點？」

「好吧，這東西我看著還挺對的，就一萬八吧。」老者稍微地提了一下自己的出價。

「這個還是有點少啊。」小販皺著眉頭，開始推脫起來：「低於兩萬五的話，這東西還真賣不了。」

老者聞言便把手裏的銅鏡交還到小販的手裏，說道：「那這生意就做不成了。」說著，他把放大鏡重新裝進兜裏，準備走人。

小販只能苦笑著收起東西。

看到這裏，賈似道心裏有些好笑，推了劉宇飛一把，問道：「你說這東西對不對？」

劉宇飛卻白了賈似道一眼：「我又不玩青銅器，哪知道東西對不對呢。要是軟玉的話，我倒還能說出個一二來。不過，這個人看著太鬼精了，這件東西就很難說了。」

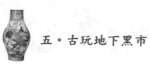

「這東西對不對，關人家什麼事啊。」賈似道搖了搖頭，沒好氣地說。

賈似道和劉宇飛在這邊插科打諢，那邊原先的買家，一位看著約莫有四十歲的中年人，心裏卻開始著急了，沒等老者和小販談完呢，就插了一腳進去。

他自己不太懂這件青銅器，但是剛才老者鑒定的話，他聽得懂，兩萬五老者不願意出，他願意啊。

他二話沒說，直接就要和小販交易，成交價自然是小販說的兩萬五千塊錢了，那可是一點兒都不含糊的。

小販聞言只能不好意思地對老者道了個歉，轉而就興奮地和中年男子成交了。

本來，小販和老者之間的交易還沒結束，就轉換了買家，是有些不厚道的。不過，老者自己遲遲不肯出價，談不攏而被中年人搶先了，對於小販來說，也是一件好事。說白了，誰給的價錢高，東西就給誰。

老者只能對中年人怒目而視，嘴裏嘀咕著，說現在的年輕人都不守行規了。古玩市場上，即便人家打眼了，只要交易還在進行中，邊上的人看出來了也不會提醒，除非是親戚朋友。

現在中年人的行為明顯違反了規矩。不過，中年人可不管這個，他正把銅鏡拿在手裏滿心歡喜呢，對於老者的指責全當耳邊風了。看到交易已經完成，邊上圍著的人自然散了。

賈似道和劉宇飛也長舒了一口氣，準備再逛逛其他的地方。

只是，走了一圈，劉宇飛用眼神示意了一下二人的身後，似乎他們被有心人盯上了。

賈似道和劉宇飛也不動聲色，繼續在古玩市場逛了起來，只是二人的注意力不再如先前那樣只集中在古玩攤位上，時不時地也會往自己的身後瞟上幾眼。好在跟蹤的人似乎並不很專業，到了最後，也許是發現了賈似道和劉宇飛的舉動，那個人便也不再遮掩了，看到賈似道注視著他的目光也沒有絲毫閃躲，反而是淡然地點了點頭，臉上流露出笑意。

這情形讓賈似道心裏有些莫名其妙。

莫非這年頭，光天化日之下打劫、跟蹤的人，已經如此肆無忌憚了嗎？

賈似道不由得拉了一下劉宇飛的胳膊，小聲嘀咕道：「劉兄，我們是不是儘快離開這裏？」說著還看了跟蹤的人一眼。對方的年紀也不大，和賈似道差不多，樣貌不出眾，要不是賈似道和劉宇飛留意到了，恐怕即便是迎面遇上了，也看不出對方是在跟蹤。

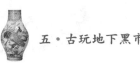

「不用，想必是那個人找我們有點事情吧。」劉宇飛看清了跟蹤的人之後，反倒心裏有底了，臉上的表情也不再小心翼翼：「你注意到他的那個手勢了沒有？」

「手勢？」賈似道心裏一動，又看了看，並沒覺得有什麼特別的。

「呵呵，你不知道也無所謂。」劉宇飛有些高深莫測地說，神情微微有些得意：「只要我明白就好了。走吧，咱們找個地方坐坐，他自己會跟過來的。說不定還是件好事呢。」

「不是吧？」劉宇飛的話聽得賈似道一愣一愣的，「莫非那個人你認識？」不過賈似道轉念一想，又覺得不太對。要是兩個人認識的話，那對方應該早就上來打招呼了，怎麼還要一路這麼不遠不近地跟著呢？

劉宇飛也不答話，只是笑笑就轉身走開。賈似道也只能一頭霧水地跟上劉宇飛的腳步。出了古玩市場，兩個人並沒有走遠，就近找了一家茶室坐了進去。因為靠近古玩市場，這樣古色古香的小茶室，倒也顯得頗為清雅。

賈似道看到一些人在逛過古玩市場之後，就來到這裏坐下來，繼續交流，大家說話的聲音都不大。劉宇飛看了賈似道一眼，大有要賈似道點茶的意思，賈似道立即推脫。

劉宇飛也不勉強，他伸手招來服務員，自己點了一壺，並且示意等一會兒還有一個人要來。

「劉兄，你怎麼肯定他會跟過來？」賈似道忍不住好奇，問出了心中的疑惑。

「呵呵，賈兄，既然他都能打手勢了，那我又怎麼不會在這裏等他呢？」劉宇飛有些狡黠地答了一句。服務員剛轉身出去沒多久，那個原先跟蹤他們的男子便笑著走了進來。

「坐。」劉宇飛說。

來人也不客氣，很大方地坐了下來，先問了一句：「不好意思，打攪了！二位看著有些眼生，應該不是本地人吧？」

「有事就說吧。」劉宇飛淡淡地說。這不是廢話嗎，如果是眼熟的本地人，對方就不用採取跟蹤的手段了。

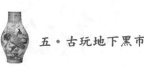

「呵呵。好。」對方先看了賈似道一眼，轉而對劉宇飛說：「如果我沒看走眼的話，閣下應該也是行裏人，規矩自然不用我說。我也就不客套了，剛才無意間聽到二位說想要找一尊墨玉壽星，不知道二位是不是真的有興趣？」

「難道你手裏有？」劉宇飛還沒答話，賈似道卻問了一句。這可是劉宇飛一直尋找的東西，要是能在這邊碰到的話，且不管能不能做成交易，也算是有了一些希望，也難怪賈似道都有些心急，剛才一圈逛下來，還真沒瞧見像樣的墨玉雕件。

「這個，我是沒有。」來人說，「不過，有個地方卻有……」說著，他的眼神頗有些希冀地看了看劉宇飛，似乎是想要聽聽劉宇飛的意思。至於邊上的賈似道，則完全被他忽略了。當然，賈似道也清楚，造成這種印象的原因，自然是剛才這兩個人對過手勢。

「在什麼地方？」劉宇飛考慮了一下問道，語氣看似平淡，卻有點心動。

「神垕鎮，時間是三天後。」來人說得乾脆俐落。

「行。」劉宇飛的回答更是簡潔，一點都不拖泥帶水。對方見自己的目的達到了，也不多留，遞出了一張名片，說道：「到了地方，打這個電話，到時候會有進一步的安排。只要說是劉一刀介紹的就成。」然後他就笑著告辭了。

賈似道探頭過來一看，只見名片上只寫著一個電話號碼，連名字都沒有，不禁好奇地問道：「這名片怎麼看著有些奇怪呢。對了，你真的決定去神垕鎮？」

對於劉一刀所說的神垕鎮，賈似道自然不陌生。那可是鈞瓷文化的發祥地，就在禹州市的西南方，是三縣市交界處的經濟、文化、商貿中心。雖然只是一個鎮，卻中外馳名。

按照賈似道的計畫，他會在寶豐再待上一段時間，看看劉澤坤那邊勸說得怎麼樣了，再做其他的打算。昨晚兩個人就和劉澤坤分開了，他們讓劉澤坤單獨去找他外甥，大打親情牌。

為此，劉宇飛還羨慕賈似道認識了一個厚道人呢。劉澤坤走的時候，沒要賈似道一分錢，完全是因為賈似道在臨海時幫了他一個忙，他覺得欠了賈似道一個人情。雖然劉宇飛的人脈比起賈似道來要廣得多，但大多數時候，想要得到消息，都是需要仲介費的，如果沒點好處的話，誰會眼巴巴地跑來告訴他啊？

當然，和劉宇飛處在同一級別的收藏愛好者，與他互相交流，幫個忙倒是沒什麼問題，但這樣的人實在太少。畢竟每個人所關注的領域不同，也存在著很大的局限性。

「神垕鎮當然是要去的。」劉宇飛笑嘻嘻地說，「不光是我要去，到時候你也要跟著一起去。」看到賈似道似乎還有些不太明白的樣子，劉宇飛正準備好好解釋一下，這時從外邊又進來幾個人，都是上了年紀的，其中幾個手裏還抱著大大小小的東西，全部用舊報紙包著，應該是剛從古玩市場那邊過來的。

一時間，茶室裏更熱鬧了幾分。

劉宇飛環視了一下四周，小心起見，給賈似道使了一個眼色，說道：「走吧，我們回賓館再說。」

看到劉宇飛鄭重其事的表情，賈似道雖然疑惑，也沒說什麼，兩個人連服務員剛端上來的茶也顧不上喝，就搭車回到了賓館。這一趟出門，不但沒有什麼收穫，還被人跟蹤了，讓賈似道有些心神恍惚。

沒想到他們一進賓館大門，就看到一個熟悉的身影在眼前一晃而過，正是在古玩市場上賣戰國青銅鏡的那位小販，因為賈似道當時一直注意著他是怎麼推銷東西的，對他印象挺深。

當然，這賓館距離古玩市場不遠，賣東西的小販會出現在這裏也沒什麼好奇怪的。只是，緊接著又有一個看著挺熟悉的身影，緊隨在小販的身後從賈似道的眼前走過去。

這就不由得賈似道不好奇了，他這時想起了那個人是誰，他拉了劉宇飛一下，緊趕一步也跟了上去，當看清楚那個人的模樣時，賈似道心裏有些明白了。那個人正是想要購買那件青銅鏡的老者，賈似道當時還佩服過這位老者的知識專業呢。這會兒倒好，一個賣家一個買家，兩個人有說有笑地站在了一起。這情景在賈似道看來，怎麼看，怎麼覺得有些怪異。

用行話來說，這位老者，原來是一個道道地地的托兒！

小販和老者也發現了賈似道的奇怪表情，四個人面面相覷，表情也分外精彩。那小販對賈似道微微一笑，拉著老者進了自己的房間。

劉宇飛看了看賈似道，拍了拍他的肩膀，然後很無奈地聳了聳肩。

其實古玩市場上出現這樣的情況，也是司空見慣的了，只不過賈似道以前只是聽說，並沒有親眼見到過而已，這會兒猛一見到，才有點回不過神來。

兩個人回到房間，劉宇飛先是關好門窗，才對賈似道小聲解釋起劉一刀的事情來。

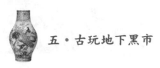

「賈兄，想必你也知道，在古玩交易市場上，還有黑市？」劉宇飛緩緩說道，「上回我就告訴過你，我以前在朋友的安排下去過古玩地下黑市，我也只是去過兩趟而已。一次是在廣東那邊，我自己有門路，而另外一次，就是在河南。」

「你的意思是，三天後，神垕鎮那邊也有個古玩黑市？」賈似道問道，心裏很期待。

古玩地下黑市交易一直存在著，而且是屢禁不止。尤其是在盛世，更有大舉氾濫的趨勢。不要說在古玩一行的人了，就是一般的平民百姓，恐怕多少也聽到過一些傳言，就好比地下拳市、地下賽車一樣。

比起光明正大的拍賣會，古玩地下黑市的交易，不管是貨物還是人財方面，無疑都有著更大的風險。至少拍賣公司的拍品來源絕對不會有什麼問題，而且大型拍賣會上出現的東西，還會有拍賣公司組織的專家團隊把關，雖然有時候也會有贗品出現，絕大多數還是有保障的。而古玩黑市中交易的東西，卻沒有任何保障。

賈似道不禁感歎著自己來了一趟河南就有這樣的機遇，又擔心著安全問題，他忍不住問道：「聽說，古玩黑市都是要帶著現金才能進去的？」

「那是肯定的。」劉宇飛有些好笑地說道，「而且，古玩黑市裏三教九流、什麼樣的人都可能出現，大家都是當面交易，貨款兩清，自然不會有刷卡機，哪怕是帶支票也行不通。」

支票還需要去銀行取，對於這些暗地裏見不得光的交易來說，哪有現金來得直接？

「那我們去了，豈不是很沒有安全感？」賈似道問道。

「在交易完成之前，應該不會發生什麼意外。重要的是在交易之後。」劉宇飛說道，「想必舉辦方也具備一定實力，在完成拍賣之前，絕不會允許出什麼大亂子，一旦主辦方收錢走人之後，那接下來發生什麼，就不是他們所能控制的了。」

說到這裏，劉宇飛頓了一頓，才說：「不過，這也是一個機會。古玩黑市上出現的東西，拍賣的價格大多不會太高。而且大家都是帶著現金進場的，會有所顧忌。一來，地處偏僻本來就不太安全，二來，也防止被一些人惦記上了。所以競價的時候，即便東西很喜歡，也會有個底線。只要你的眼力到了，拿出氣魄把東西買了下來，如果東西對的話，就能夠狠狠地賺上一筆。」

要不是有這麼多的好處，恐怕古玩黑市也不會存在吧？

劉宇飛的一番解釋，讓賈似道心動不已，恨不得馬上就過去。

「那你有把握嗎？」賈似道琢磨了一下，自己對於這些實在是沒有什麼經驗。

「一般而言是不會有什麼意外的。」劉宇飛說，「古玩一行，雖然地下黑市隱蔽，但真要是出了什麼事，消息走漏得也快。到時候，誰都討不了好，敢辦這種拍賣會的，大多數都是手上有些水貨、髒貨的，尤其是沿海那邊，還經常有走私的東西出現呢，最近一些年，這種走私貨有往內地發展的趨勢。一旦出了什麼事情，承辦的人名聲壞了，以後還有誰敢光顧啊？」

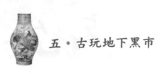

說起來，這是違法的事情。但只要不是法律規定不能買賣交易的東西，其他的貨品交易只能算是打擦邊球而已。而敢於參與古玩黑市又有實力的買家也是有限的。

不然，劉宇飛和賈似道這兩個陌生人，也不會剛到這裏就被劉一刀盯上了。劉宇飛解釋說：「像劉一刀這樣的人，屬於最週邊的線人，主要是拉客戶的。當然，他們也不是什麼樣的人都會去拉。黑市一行也有自己的規矩，或者有熟人介紹，或者有老闆擔保，此外就是像劉一刀這樣聯繫到的一些其他地方的散客了。時間寬裕的話，甚至還有到沿海那邊去拉客源的。他們每介紹一個人來，要是能在拍賣中成交，就可以獲得相應的報酬。」

賈似道點了點頭，這應該就是劉宇飛先前提過的手勢在起聯絡作用了。

劉宇飛笑著給賈似道演示了一遍，賈似道看手勢覺得挺隱蔽的，不是懂行的人還真不會注意。

「行，那我就陪你一起去吧。」賈似道知道，要是平時，劉宇飛去不去這樣的地方都無所謂。只是劉一刀提到墨玉壽星，卻讓劉宇飛勢必走這麼一趟了。賈似道倒是存了去撿漏、開開眼的心思。

古玩地下黑市裏遇到好東西的機率，遠比古玩市場或親自下鄉去收大得多。

只要自己留個心眼，不要買那些不乾淨的東西就行。

兩個人商量了一下，給劉澤坤打了個電話，知會了他一聲，說最近幾天要出去走走，這才動身前往神垕鎮。

神垕鎮人口只有四五萬，因鈞瓷而繁榮馳名。早在唐代，神垕就已燒製出多彩的花瓷和鈞瓷，到了北宋徽宗年間，鈞瓷生產達到了登峰造極的地步，被定為宮廷御用珍品，官府在陽翟鈞台附近設置官窯，為宮廷燒造貢瓷，鈞瓷生產由民窯向官窯的轉變。

到了神垕鎮，劉宇飛先是打了電話，對方聽到了劉一刀的名字之後，才客氣地應了一聲，然後就讓兩個人到指定的地點去取證件。

賈似道一琢磨，這地下黑市還弄得挺正規的啊。難道這所謂的證件，就是拍賣會上的號碼牌？

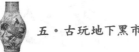

劉宇飛卻是見怪不怪，和對方約好了時間。兩個人去到了地方，等了幾分鐘，也沒見著一個人。他們正疑惑著呢，不遠處有一位二十多歲看似遊客的人慢慢地走了過來。

神垕鎮不光是鈞瓷聖地，還是一個旅遊勝地。像來人這樣打扮和神態的遊客，賈似道和劉宇飛一路上見到了很多。劉宇飛手上動了一動，那個人微微一笑，就笑容滿面地迎了上來。他嘴裏說著：「哎呀，原來你們還在這裏啊，我找了你們好久。」那說話的語氣很熟絡，要是不認識的人從邊上走過，還真就以為他們是同遊的朋友。

此時劉宇飛和賈似道自然確認了對方的身分，很高興地迎了上去。那個手勢是雙方的聯絡暗號。

對方也不客套，直接遞給他們一張紙條。劉宇飛二話沒說，一手接過了紙條，另一隻手就塞過去兩百塊錢。那個人的神色微微一動，說話更加熱情起來。

賈似道心裏感歎著，這錢真是開道的好東西啊。

待到三人分開，走出老遠之後，劉宇飛便開玩笑似地問了一句：「怎麼樣，是不是看著像是特務接頭？」

「還成吧，都說是地下黑市了，可不就是這樣。」賈似道苦笑著說。到了這會兒，兩個人才算是具備了資格，可以前去參與這場地下拍賣會了。

賈似道和劉宇飛商量究竟要帶多少錢去才合適，劉宇飛告訴賈似道，帶上十幾二十萬就足夠了。

「會不會少了一點？」這倒不是賈似道覺得自己錢多，實在是能被他看上的東西，價格絕對不會低。即便是地下黑市，想要買到好東西的話，十幾二十萬還真不一定能夠拿下來。

「呵呵，只是先去探探門路而已。」劉宇飛看了賈似道一眼，「不要說是你了，就是我，也就是帶二十來萬，多了反而不方便。」

「不是吧？你那墨玉壽星……」如果只值二十來萬的話，估計也不是什麼好貨色了，劉宇飛自然明白他的意思。

「而且，你說的不方便，難道是對古玩黑市還不太放心？」

「嘿嘿，你聽我的準沒錯。」劉宇飛得意地笑著，「至於不方便，倒不是說去那邊會有什麼危險，而是你覺得幾百萬現金帶在身上，會不會感到彆扭呢？」

「彆扭倒不會，就是心裏會有些慌。」賈似道很老實地說了一句，這可和卡裏存著幾千萬不同，卡裏的錢再多也不過是一串數字而已，當現金放在眼前的時候，卡裏的幾十萬也不如手上的幾百萬震撼人心呢。

難怪地下黑市的人要用現金支付。這種赤裸裸的誘惑，不要說是賈似道和劉宇飛這樣的客戶了，就是那些承辦者，同樣是無法抗拒的。

想像著一邊是價值連城的古玩，一邊是口袋裏幾百上千萬的現金，大家擠在一個小房間裏，互相激烈地競價，那種場面，只要是男人都會覺得刺激。

再看劉宇飛那一副高深莫測的表情，賈似道也不好再多問什麼。兩個人一起去銀行，各取了二十萬現金，裝在隨身的皮包裏。

到了下午，劉宇飛卻一個人出去了，說是有點事情。賈似道看著他那興沖沖的樣子，心裏很懷疑他是不是這幾天都沒有女人相陪而感到寂寞了。

賈似道一個人在神垕鎮逛了逛，因為心裏惦記著地下黑市的事情，對於周邊的景色顯得有些心不在焉。尤其是他打聽到神垕鎮這邊的古玩市場開市的時間是週二和週三，心裏暗自感歎自己來得不是時候，這會兒正是週末呢。

不過，傍晚賈似道剛回到住處，就看到了劉宇飛。這傢伙正站在一輛大眾普桑的邊上打量著他的座駕呢，看到賈似道回來，打了一個招呼。

賈似道不禁有些好笑地問道：「你從哪兒搞來這麼一輛破車啊？」

可不是，這車身上還髒兮兮的，要是劉宇飛準備用來泡妞的話，開著這車出去也實在是太寒酸了一些。

「借的唄。」劉宇飛不在意地說道，「明天去地下黑市，我們總不能坐著人家安排的公車去吧？雖然他們說有專車接送，不過總沒有自己開車去踏實。」

賈似道聞言點了點頭，還真是這樣，去的時候還好說，要是買了什麼好東西，回程還坐在他們安排的車上，人多嘴雜的，的確有些不太方便，他緊跟著問

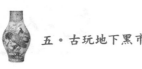

道：「你出去一個下午，該不會就是為了借車吧？這車有點……」

「有點舊，對不對？」劉宇飛見賈似道點了點頭，說：「這你就不懂了吧？我可是特意找的這麼一輛車，他們那地方可是有點偏，如果開著一輛嶄新的寶馬去的話，估計還沒到地方呢，就能圍上好幾圈人了，你說還能方便嗎？」

「那倒也是，我怎麼就沒想到這一點呢。」賈似道頓時覺得有個有經驗的人在身邊，的確能省下不少麻煩。也難怪現在回到賓館了，劉宇飛也沒去把車洗一洗呢。

第二天一早，兩個人匆匆吃過一點東西，想著在神垕鎮裏也沒什麼地方好去的，就在小賓館裏待了一個上午，無聊地看看電視，直到午飯過後，兩個人才開著車，去往古玩黑市的地點。

劉宇飛開車，賈似道坐在旁邊，雖然他們對於這一帶一點兒都不熟，好在有地圖。

這地方距離京珠高速不過五十公里遠，到鄭州也比較近，只有百來公里。真要是有什麼意外發生，賈似道琢磨著，一路直奔鄭州都花不了幾個小時。

一路七拐八拐的，他們終於到達了目的地，那裏已經停了幾輛車了，也沒有誰的車是特別顯眼的。甚至有人還把車停到了別處去，再走路過來。

這個地方不算太偏，有點類似於鄉下的小別墅，靠近小山坳，看上去還挺大的。不知情的人路過，還會以為這家今天有什麼喜慶的事情呢。

看到有五六個人來回巡視就知道，這古玩黑市還辦得挺小心的。賈似道和劉宇飛心裏明白，承辦方越小心，他們這些顧客也就越安全。兩個人要進入別墅院子裏的時候，門口有三個人守著。

看到賈似道和劉宇飛一聲不吭地往裏面走，一個人往中間一站，用身子擋了一下，說道：「二位看著很面生啊。」

「一回生二回熟嘛。」賈似道嘴裏客套了一句，邊上的劉宇飛卻拉了他一下，到了這裏，客氣可是沒用的，劉宇飛接口說道：「既然都能到這裏來了，自然是有人介紹的了。」說著，他便把昨天收下的那張紙條交了過去。

對方看了紙條一眼，雖然看著有些漫不經心，不過是一瞥而過，但再看向賈似道和劉宇飛的時候，神色卻鬆弛了不少。那個人把紙條給收進了口袋，說道：「既然都是朋友介紹過來的，那也就是我們的朋友了。」

賈似道想這會兒進去該沒事了，剛一抬腳，不料邊上的一個人又伸手攔了一下，那領頭模樣的人淡淡地笑著，目光在賈似道和劉宇飛身上的皮包上來回打量了幾眼，說：「都說是第一次來的了，那能不能讓我們這幾位兄弟開開眼啊？」

賈似道一臉疑惑，自己又不是帶貨來出售的，有什麼好拿出來開眼的啊。劉宇飛卻聳了聳肩，打開了自己的皮包，將裏面的錢給領頭的人看了一眼，然後有些耐人尋味地說了一句：「我還以為我去年在鄭州玩過一趟，就算是熟客了呢，原來你們還不是同一家的啊。」

「呃，這位兄弟說笑了，說笑了……」領頭的人聞言，看著劉宇飛的表情立刻恭敬了不少，說著還用眼瞪了一下攔著賈似道的那個人，說道：「還愣著幹什麼？這二位可是貴客。」然後他身子微微一欠，對劉宇飛說：「二位裏邊請。」

「兄弟這麼說就見外了。」劉宇飛也不客氣，從打開的包裹抽出幾張百元鈔票，塞到了他的衣服口袋裏：「出門在外都不容易，給兄弟們買煙的。」

那個領頭的人自然也不會拒絕，劉宇飛包裹的那一疊疊紅色可鮮豔得很，這可是大主顧啊。他隨即給邊上的一個人丟了一個眼色，也就是先前攔住賈似道的那位，那個人就樂呵呵地在前面引著二人進去。

沒走幾步，雖然看到大門緊閉著，卻可以聽到房裏的嘈雜聲，門口還有人在守著。守門的人看到是自己人領著賈似道和劉宇飛進來，臉上便浮現出笑容，湊到門邊嘀咕著什麼，等二人走近的時候，大門便打開了。

賈似道往門裏一看，人還不少。他們一走進去，就有人給安排座位，有些靠邊。中間的幾個位置已經坐滿人了。台上的拍賣顯然也已經開始，這會兒正出售一幅畫呢。

賈似道和劉宇飛不碰字畫，就觀察起周圍的情況來。整個大廳挺寬敞，擺著幾張茶几，上面放著茶水、瓜果，看上去倒像是一次聚會。

「怎麼樣，還習慣吧？」看了看四周，劉宇飛小聲地問賈似道。

「還成吧，就是覺得這個地方有些簡陋了。」賈似道嘀咕著。作為地下黑市的交易場所，這個別墅外表看上去還算湊合，裏面卻給人粗糙的感覺，就連展示台也似乎是剛搭建起來的，看上去毛毛躁躁的，底下用幾塊磚頭墊著，上面鋪著木板。賈似道瞧著，生怕木板承受不住，就把上面擺著的古玩給摔了。

房間裏什麼樣的人都有，富豪老闆自然是不少，收藏愛好者也不缺，再加上老闆身邊陪同著的秘書保鏢。整個房間煙霧繚繞，賈似道和劉宇飛在這個環境裏，也禁不住地點上煙抽起來。茶几上的煙灰缸根本就沒人用，地面上都是煙頭。

「呵呵，再坐一會兒就習慣了。」劉宇飛笑著說，「而且，這地方也算不上簡陋。他們都是打一槍換一個地方的，哪來那麼多時間準備啊。甭管是千萬富豪還是專家學者，既然來到了這裏，都得將就一下。」

賈似道 琢磨，還真是這樣。要是長期地在一個地方搞古玩黑市交易，也太容易留下把柄。而且，古玩黑市也不是每天都開市的，承辦方東西多了，就開得密集一些，東西少，時間就隔得久一些。

買家只有資訊靈通了，才能趕得上多次黑市交易。當然，如果每次出手很大方的話，承辦方自然會提前通知買家。只有買家有實力了，賣的人才能出手好價錢。

剛才那幅畫，拍賣師介紹說是某個名家之作，但底價卻僅僅是一萬塊錢，只是到了最後也沒人吱聲，只能流拍了。這裏的流拍，就是把藏品收回去，等待下次黑市再拿出來，或者流向普通的古玩市場。這和拍賣會上的流拍還是有一定差別的。

賈似道和劉宇飛坐了好一會兒，看著台上的拍品走馬觀花地換了一件又一件，底下的人情緒似乎不是很高。這讓賈似道很好奇，他忍不住低聲問了一句：「劉兄，看上去似乎不像想像中那麼熱鬧啊。」

「好東西都還沒拿出來呢，只是預熱而已。」劉宇飛也有些心不在焉，說道：「台上的都是些殘次品，價值不高，大家提不起什麼興致也是在所難免的。」

雖然黑市中的東西，真品和作假的全都混雜在一起，但是，既然能夠承辦黑市交易，那些人也不會是笨蛋，哪些東西值錢，哪些東西不值錢，基本是知道的，好東西自然要放到後面。當然，也不排除有心人故意把作舊的、品相又比較好，放到後面來進行拍賣，這個時候就需要考驗眼力了。

一輪拍賣過後，拍賣師宣佈暫停，休息幾分鐘。大家上廁所的上廁所，聊天的聊天，出去透氣的透氣，一下全散了。等到再次回來，房間裏又多出幾個生面孔，眾人也都不在意，只要不是熟人，在這樣的地方，即便遇到了，也不會多說話。

古玩人生

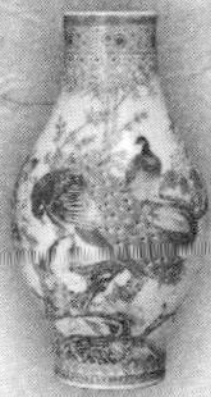

第六章

墨玉壽星的價值

事情發展，出乎賈似道的意料。
當價格超過兩百萬時，劉宇飛停止競價了。
賈似道用眼色示意，劉宇飛也無動於衷。
賈似道琢磨著劉宇飛對寶物的追逐程度，
以及給爺爺做壽的理由都不應該
才兩百萬就住口了啊？

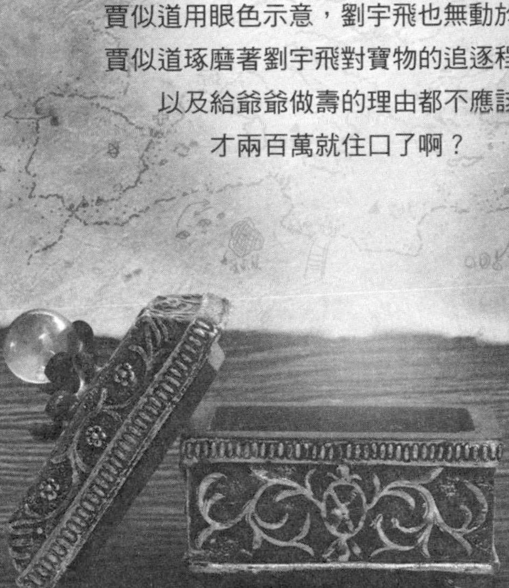

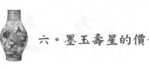

那個拍賣師往台上一站，在座的人都抖擻起精神來。

青銅器、陶器、瓷器、字畫，陸續地擺了上來。這一回，和先前只聽拍賣師介紹不同，人家可以在拍賣之前先行驗貨，看中了的人直接叫價。

當然，和普通的拍賣會一樣，不是誰都可以看貨的，事先要讓拿著東西的人見見實力，也就是帶來的錢。

出得起什麼樣的價格，就可以看什麼樣的貨，哪怕是想要挨個拍照，也是允許的。至於那些不想完全顯露自己實力的人，拍賣的時候也還有驗貨的機會，只要開口競價了，就是潛在的客戶，沒人會跟錢過不去。

這會兒只是初步看看，有個大致的印象而已，大家輪著來。當賈似道想要用手去觸摸感知一下的時候，卻被人阻止了。

劉宇飛站在賈似道的身後，他使了一個眼色，賈似道才訕訕地縮回手來，莫非這裏頭有什麼道道？賈似道琢磨著，黑市中的門道，遠要比普通的古玩市場更多。

賈似道前面一個大腹便便的人，這會兒已經在把玩著，正是因為有了他這個先例，賈似道才想要上手的，現在也只能心裏鬱悶了。

劉宇飛笑著推了賈似道一下，在他的耳邊輕聲說了一句：「那是人家的老客戶了。」

無論走到哪兒，凡是老客戶，總歸是有一些特權的。

待到看完全部的拍品，眾人又陸續地坐回到先前的位置上。一些帶有相機或筆記本的人，這會兒就可以反覆觀看拍攝的圖片，甚至和標準器進行比較。邊上的人想要湊過去看上幾眼，這些人卻躲躲閃閃的，嘴裏還罵上幾聲。

其他人也罵罵咧咧地回上幾句，隨即也轉過頭去，不看了。

畢竟大家也知道，凡是被有心人拍下來做比較的，只要東西對了，那就是想要出手的東西，要是別人看見了去競爭，那就是競爭對手了。所以不能給別人看資料，要怪也只能怪自己沒做好準備了。

賈似道看著那些人的數位相機、筆記本，也有些感慨，誰說古玩地下黑市沒有技術含量啊？這可都是高科技呢。像賈似道這樣帶著放大鏡的，反倒是有些落伍了。

一陣熱鬧和喧囂過後，拍賣會才正式開始了。

沒有興趣的東西，賈似道和劉宇飛自然不會注意。碧玉的東西一件都沒有，這讓賈似道猜測著劉一刀是不是騙了劉宇飛，他問了一下劉宇飛，劉宇飛也沒在意，兀自低頭沉思著，似乎是在養精神。

賈似道看中一件青花釉裏紅熏香爐，心裏卻不太肯定。待到擺上來拍賣的時候，賈似道也嘗試著喊了十三萬的價。

然後，他就興沖沖地走上去親手把玩了。只要是喊價了的，都可以上前仔細研究一番，不會有人阻止。而且，比起先前的那番察看，這時守護著拍品的人，臉上還帶著笑容。

放大鏡這個時候還是派上了用場。這個青花釉裏紅熏香爐造型比較精美，比起筆洗，算得上是複雜了。紋飾繪畫的表現還不錯，而且畫功一流，運筆流暢，色純正，面如玉，胎質細膩，尤其是三隻獸足的活靈活現，讓賈似道看著分外喜歡。只是他看了底足之後，這種喜悅卻如同火遇到了水，一下被沖淡了。

坐回到座位上，有人加價到十五萬，賈似道沒有再次競價。心裏還在歎息，這麼好的一件香爐，竟然是民窯仿製品，實在是可惜了。

「怎麼，這麼快就受到打擊了？」劉宇飛有些好笑地看著賈似道。

「也不算是打擊。」賈似道辯駁了一句，不過語氣有點喪氣。畢竟好不容易來一趟古玩黑市，還是在神垕鎮這樣一個瓷器聞名於世的地方，拍品中竟然沒有幾件瓷器不說，這唯一在品相上讓賈似道看中的香爐，卻是價值不高的民窯，要是最後落個空手而歸，實在是和賈似道的期望相差太遠。

劉宇飛聞言，不禁頗有深意地搖了搖頭，賈似道的沮喪完全寫在了臉上。這時，賈似道無聊地看著拍賣台，現在上面有一件造型怪異的根雕。

根雕，是以樹根的自身形態及畸變形態為基礎，加上構思立意、藝術加工以及工藝處理，創作出人物、動物、器物等藝術形象的作品。根雕藝術是發現自然美而又展示創造性加工的造型藝術，所謂「三分人工，七分天成」，也就是說，在根雕創作中，主要利用根材的天然形態來表現藝術形象，只稍微進行人工處理修飾，因此，根雕又被稱為「根的藝術」或「根藝」。

在樹根的選擇上，自然是那些奇形怪狀的，或本身就具備某種形態的樹根，包括樹身、樹瘤、竹根，只要被藝術家看上眼的，都可以創作出根雕作品。

台上的拍賣師此時一手拿著本子念著，一手則指著展示台上的根雕作品，介紹著來歷。要不是拍賣師說得形象生動的話，大家都不會對此多看上幾眼。這倒不是說台上的這件根雕作品不出眾，相反，其雕刻工藝絕對屬於精品。

賈似道第一眼看去，就看出這是一個人物造型的根雕，而且還不是一般的人物，根鬚雕刻出三頭六臂，賈似道腦海裏就猜測會不會是哪吒。畢竟，哪吒的三頭六臂實在是深入人心。

不過，仔細打量之後，卻發現這似乎是一個西方的神佛，又或者是魔鬼夜叉，如果拿回家避邪的話，恐怕不太合適，而如果是用來欣賞的話，那模樣又有些嚇人。

從根雕的質地上來看，有些暗紅色，屬於紅木，有些年頭了，表面也有一層包漿。不過，一想到這裏是古玩地下黑市，作假的東西自然不會少，這樣簡單的包漿，自然不入眾人的法眼。

要說根雕，雖然工藝很重要，但歸根結底還要看根雕作品能不能體現出自然的氣息，也就是按照樹根原先的姿態來雕刻。所謂的「稀、奇、古、怪」這四個特點，才是根雕作品的精髓所在。

而論到價值，更多的還是看其材質。簡單來說，同樣一件根雕作品，哪怕雕工和形態大小都類似，海南黃花梨的根雕，自然要比一般的紅木根雕要值錢得多。

這就難怪眾人看到這件根雕的時候，並不太看好了。

拍賣師喊出五千塊的起拍價，看現在的形勢，似乎也有流拍的可能。對於第二輪的拍品來說，已經是低得不能再低的價格了。

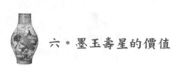

莫非這件根雕有著奇特之處？

不光是賈似道，連邊上的其他人，也是拿出一副看好戲的心情。有些耐不住性子的人。還嚷道：「快換一件拍品吧！就這嚇人的玩意兒，也要五千塊？」

還有人應和道：「就是，又不是紫檀的，這拍品不會是越來越差了吧？」

這話頓時惹得台上的拍賣師一陣尷尬。

「怎麼樣，難道你還看上這玩意兒了？」劉宇飛這個時候覺出賈似道看著根雕的目光有些出神，便問了一句。

「看上倒還不至於。不過，我總覺得這東西可能還真是個值錢的玩意兒。」賈似道壓下心中的懷疑，說道：「不然，你說他們把這東西放到現在才拿出來拍，是什麼意思？」

「這你就不懂了吧？」劉宇飛好笑地看著賈似道，說道：「地下黑市也講虛虛實實，拍賣的東西錯綜複雜。在好東西的中間偶爾出現一些殘次品，其最大的目的自然是引導大家的思維慣性，想以此來魚目混珠了。有時候，一件明顯是作舊的東西，就是因為出場順序安排得好，往往能拍出一個高價來。這樣所獲得的利潤，可要比原本就是好東西拍得高價錢來得豐厚得多啊！」

「那你的意思，也不太看好這件東西嘍？」賈似道問道。

「那是當然。不然我早就出手了。」劉宇飛淡淡地說，「不過，這玩意兒的雕工還真不錯，你要是看著喜歡的話，倒是可以拍下來，反正也沒幾個錢。我對根雕實在是沒興趣。不要說是根雕了，木質的東西我都沒興趣。」

賈似道摸了摸鼻子，說道：「那你到時候可別後悔啊。」然後，他對著拍賣師舉了一下自己的手，示意加價一千。拍賣師立刻展現出燦爛的笑容。

在出價之後，賈似道頗有些好奇地走到台前察看起來。邊上有人小聲介紹著，這根雕的人物是大阿修羅王的形象，時代的推測是明代。賈似道揮手示意對方可以不用介紹。

這些話，在剛才拍賣師喊底價開拍之前就已經說過了。賈似道雖然聽得不是很仔細，多少也有些數。不過，到了地下黑市，還能相信拍賣師的話嗎？

賈似道伸手拿起這件根雕，入手還有些沉。大阿修羅王形態栩栩如生，六隻手臂都是根鬚，而三個腦袋上，最為突出的要數他們的眼睛了，怎麼看怎麼有種怪異的感覺。

賈似道對於木材實在是瞭解得不多，不過既然都已經上手了，他也不想錯過機會，當即運用特殊能力滲透了進去。比起一般的木質傢俱，這根雕的材質還頗為厚實。

乍一看是暗紅色的底，應該屬紅木，大致是錯不了了。就在賈似道心裏覺得花上六千塊錢買一件從沒有見過的根雕，也算是留作一個紀念的時候，還沒有完

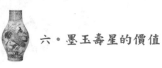

全收回來的感知力竟然好像遇到了一條裂縫。

賈似道的心不由得就是一頓，神色也凝重起來。難道這件造型奇特的根雕不是一整段根部雕刻而成的，而是拼湊起來的？如果真是這樣的話，這件根雕的價值自然要打一些折扣了。賈似道不在乎花六千塊錢，但是這可以感覺得出來的吃虧，他心裏還是很不舒服的。

為了小心起見，賈似道重新集中起注意力再次地感知了一下剛才探測到縫隙的地方，突然，賈似道的腦海中出現了一個空間，縫隙完全消失，而左手上的感知力似乎也一下失去了方向。

莫非這根雕的內部已經被蛀空了？這讓賈似道有些猝不及防。

深呼吸了幾下，平復心情之後，賈似道再用感知力探測，在整件根雕的內部，的確是有一個三指大小的空間。不過，卻不是賈似道猜測的是被蟲蛀的，整個空間的邊緣光滑細膩，明顯是人為雕刻而成。

更讓賈似道驚訝的是，在這個不大的空間裏，竟然還有一張紙質的東西折疊著，暫時還估測不出大小。壓在這張紙上的是一小塊石頭。唯一讓賈似道疑惑的就是，這一小塊石頭竟然給他一種很熟悉的感覺，卻一時間又想不起來是什麼。

賈似道只能無奈地皺了皺眉頭。畢竟，這是隔著根雕的木質部分去探測其中

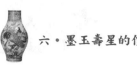

的石頭，難免會有些錯覺。賈似道就放棄探求究竟了。只要拍下這件根雕，拿回去之後，還不是愛怎麼看就怎麼看？

沒想到自己一時興起，竟有這麼意外的發現，這根雕的內部居然還另有玄虛，賈似道欣喜不已。這說明，承辦方事先對此並沒有認識，五千塊錢的底價，足以說明他們對這件根雕的輕視了。

如果事先有所發現的話，恐怕也就輪不到賈似道來一探究竟了。

回到座位上之後，賈似道的目光一直沒有離開過展台上的根雕。好在，接下來並沒有人出價，賈似道最終以六千塊的價格得到了這件根雕，他的臉上洋溢著濃濃笑意。

劉宇飛為此還嘲笑了賈似道一句：「你該不是放著瓷器故意不拍，喜歡起根雕來了吧？」

賈似道只是對他白了一眼，如果要是有好的瓷器的話，賈似道也不用坐在這裏這麼無聊了，要不是偶然得到這麼一件根雕，這次還真的要空手而歸了呢。

因為是在地下黑市，都是一手交錢一手交貨，賈似道也不怕承辦方在交接的時候做什麼手腳。待到他拿到大阿修羅王根雕，越看越喜歡。以至於接下來的拍賣他關注得少了。

「走了，咱們可以回去了。」沒過多長時間，劉宇飛站起身來，拍了拍還在欣賞根雕的賈似道的肩膀，說道：「要是晚了，估計就趕不上晚飯了。」

「這就走了？」賈似道抬眼一看，房間裏不少人都已經走了。茶几上的煙灰缸、茶具凌亂不堪，甚至於在拍賣台上，都有人開始拆卸了。再看邊上眾人的表情，似乎都已經是司空見慣了：「這就是古玩黑市？」

「當然了，不然你還以為怎麼樣？」劉宇飛沒好氣地說，「難道還要來個謝幕？」

賈似道歎了一口氣，才跟著劉宇飛走出了這幢鄉野別墅。這古玩地下黑市的真實情況，實在是和賈似道的預期差距太遠。這樣的落差實在是讓賈似道心裏憋得有些難受。

「好啦，別苦著一張臉了。」劉宇飛卻微笑著從口袋裏拿出了另外一張紙條，在賈似道的眼前晃了晃：「實話告訴你吧，這裏的，才是重點。」

「什麼意思？」賈似道好奇地追問。

「什麼意思，你連這都不懂，還敢出來玩古玩黑市？」劉宇飛白了賈似道一眼。他率先坐進了普桑，看到賈似道也鑽進來之後，立刻發動了車子，駛上了返回神垕鎮的鄉間小路。車開出了一會兒，他才解釋道：「剛才那場拍賣，只不過是承辦方用來初步考驗客戶的過場而已，說白了，就是這樣的地方，即便被警方找著了，也沒什麼大不了的。」

「你是說剛才出現的東西，都是沒有什麼問題的？」賈似道琢磨著，如果真是這樣的話，也的確犯不了什麼事。

「那是自然的。」劉宇飛笑著說，「以前古玩地下黑市的確大多選擇在鄉野偏僻的地方。只是現在不都說大隱隱於市嗎？真要是玩這一行，偶爾來這樣的地方一兩次，也算玩個新鮮。」

「那真正的好東西都在什麼地方拍賣？」這才是賈似道真正關心的。

「在夜場。」劉宇飛說著，忽然來了精神，說道：「只有古玩黑市的夜場，才會出現真正的好東西。價值可都是幾百上千萬的，來路也是五花八門。很多東西基本都是匆匆一現之後，就再也看不到了……」那意思自然是好東西都被藏家拍下之後給收藏起來了。

「難怪你昨天就說了，帶二十萬來這裏探探門路，敢情你事先早就知道了啊。」賈似道這才恍然大悟，難怪劉宇飛剛才心不在焉的，即便墨玉壽星沒有出現也一點都不著急。

「也不是這麼說。」劉宇飛笑著說，「除去那些老客戶之外，像我們這樣的人，承辦方自然需要掂量一下實力了。如果沒有這二十萬，別人興許連機會都不給你呢。」

賈似道心裏開始琢磨起夜場的事情來，恐怕夜場舉行的地方應該是在鬧市區域，或許就在某個娛樂會所。反正越尋常的地方，就越有可能。

回到神垕鎮，兩個人匆匆吃了晚飯。

賈似道問劉宇飛，手頭的根雕放在哪裏比較安全。結果，劉宇飛好笑地說了一句：「就這玩意兒，隨便放在賓館裏也沒有人會拿的。」

如果是黃金什麼的，被人看見了或許還會起貪念，而這形態怪異的根雕，不懂行的人看了只覺得是個藝術品而已，懂行的人又知道這玩意兒價值不高，誰會去拿啊？

「賈兄啊，你大可以信任賓館的保安工作。」劉宇飛說，「要是這點安全都不能保證的話，誰還會來這裏旅遊啊。」

賈似道琢磨了一下，覺得也是，越是旅遊業發達的地方，治安絕對要比同級別的地區要強一些。更何況，禹州作為四大瓷都之一，神垕鎮尤其是代表，治安上倒是不用太過擔心。

「那咱們晚上去的夜場，需要準備多少錢帶過去？」賈似道又問了一句，「是不是越多越好？」

「也不是。」劉宇飛說，「有些東西即便看著喜歡，我們也不能出手。總之到時候，我們要注意一些。要是沒有什麼特殊情況的話，我就只準備看看那件墨玉壽星。倒是你喜歡的瓷器，到時候可能會出現很多，你自己掂量著點。」

很快兩個人就接到電話，來到約定的地點。賈似道心裏挺詫異，這裏竟然是一個陶瓷工藝公司。承辦方借用了一個會議室，此時正燈火通明。要不是事先知道情況，心裏有底，賈似道會覺得自己來錯了地方。會議室的門口，站著的也不是五大三粗的漢子，而是兩位穿著旗袍的迎賓小姐，乍一看去，還真有點參加重要會議的感覺。

只是那些密佈的攝影機，讓賈似道感到，這裏的戒備絲毫不像表面看上去這麼簡單。

賈似道走進會場一看，已經來了不少人，相對於下午的拍賣場來說，現在來的人，一個個西裝革履的，說話、動作都很輕。整個會議室營造出來的感覺，就和大型拍賣會一樣。

兩個人剛坐下，就有服務員上來沏茶，笑容很甜。賈似道用眼神詢問了一下劉宇飛，下午為了小心起見，劉宇飛可是告訴過賈似道，不要動會場上的任何食物。不過，這會兒劉宇飛自己倒是端起茶杯，有模有樣地品了起來。

又過了差不多半小時，看客戶來得差不多了，拍賣師才走了進來，講了開場白和拍賣規則。尤其讓賈似道上心的是，每次加價竟然都是以萬元為單位，這讓賈似道很期待接下來究竟會拍賣什麼東西。

拍品是一件一件地拿出來的。打頭陣的，是一件鈞瓷筆洗。這裏是神垕鎮，用鈞瓷來做第一件拍品，也在眾人預料之中了。暫且不說東西對不對，大家的積極性還是挺高的。

賈似道也湊上前去看了看，沒有人阻攔，排著隊就能上手，所幸對此感興趣的人並不多。即便如此，把玩的時間也不能太長，一個人也就是三五分鐘。

輪到賈似道的時候，他覺得這東西還挺對的，只是有些拿不太準。鈞瓷的筆洗，賈似道只是在圖片上見過，他用左手的感知力探了探，感覺還行，品相也還好。但鈞瓷的特點——窯變，並沒有很好地展現出來，整件筆洗的色澤稍微有些發悶。

待到眾人都看過之後，拍賣師對拍品也不詳細介紹，更沒有提及東西的來歷，大家都憑自己的眼力吃飯，對於古玩黑市上的東西，心裏有數就行了，倒是省了不少時間。底價二十萬，立刻有個大腹便便的老闆加了十萬。隨後有一位老者競價到三十二萬，那位大腹便便的老闆卻猶豫起來。

賈似道看著他的模樣，心裏覺得有些假，他和劉宇飛對了個眼神，頗有些意味深長地笑了笑，恐怕這位大腹便便的老闆是個托兒吧？不要說是古玩黑市了，就是在正規的拍賣會上，這樣的事情也時有發生。

拍賣師問了幾次，再沒有人出價了，最終以三十二萬的價格成交。

那位老者有些不甘願地認栽。要不是那位大腹便便的老闆猛然加價，一下子提了十萬，恐怕他要拿下這件鈞瓷筆洗也不需要花費三十二萬吧？當然，如果這東西是真的話，三十二萬也絕對不會虧。

古玩地下黑市就是這樣，哪怕是擺明了有托兒在競價，但只要買到了真品，總歸是不會虧本的。承辦方想要博個開門紅，在這一點上，大家也都沒有異議。

緊接著上來的就是一尊墨玉壽星。

賈似道看看身邊的劉宇飛，只見他的眼睛這會兒正一眨不眨地盯著展示台。

拍賣師同樣不多說話，直接請有意向的顧客上前觀看。劉宇飛噌地一下站起來，快步走了上去。賈似道注意到，對這尊墨玉壽星感興趣的人，比起先前的那件筆洗來要多一些，跟在劉宇飛身後的有六個人。

其中有一位老闆模樣的中年男子，在他的身邊還跟著一個年輕男子，正在和老闆說著什麼，似乎是這位老闆請來的鑒定師。另有一位像是一個老學者。其他三位，則是和劉宇飛年紀差不多的人，其中還有一位年輕女子，看上去分外惹眼。

並不是這個女子長得非常漂亮，只是這麼一個地方，出現一位年輕女子，就足以吸引會議室中其他男子的目光了。這個女子站在台前上手墨玉壽星的時候，大多數人的目光，無疑都集中到了她的身上。賈似道也不例外。

紅顏、珍寶，在這一瞬間，讓人感覺到是那麼完美地契合在一起，為這次的古玩黑市增添了不少色彩。

「底價五十萬。」拍賣師待到察看的幾個人回到座位，便開始了拍賣。

「這位老先生出價五十五萬。」隨著拍賣師手指的方向，眾人看到是先前的那位老者，舉手示意了五的數字。拍賣會上，拍者的動作很快，拍賣師的眼睛更是很尖，不會漏過場下任何人的。

那些把自己的手或是號碼牌舉上半天的人，無疑是初入這個行業的人。當賈似道看向那位老者時，發現他神情沉穩而淡定，對於別人好奇的目光完全無視。

「好，這邊有人競價五十八萬。」拍賣師又說了一聲，聲音不大，卻洋溢著激動的情緒，感染著在場的每一個人。

不一會兒，價格就到了八十萬。

賈似道用手肘碰了身邊的劉宇飛一下，問道：「劉兄，你怎麼不出價啊？」

「還不是時候。」劉宇飛淡淡地說了一句，他並沒有去注意那些正在競價的人，而是有意無意地瞟了一眼先前一道上去察看墨玉壽星的女子。賈似道這才注意到，剛上去察看過墨玉壽星的六個人之中，就只有劉宇飛和那個女子還沒有出過價了。

莫非這就是拍賣的策略？

果然，賈似道還正在琢磨著呢，那個女子似乎有些按捺不住了，一下子就出到了一百萬，顯現著她志在必得的決心。

一時間，不論是先前競價的老者、年輕人、中年老闆，都有些詫異地看了她一眼。對於這半路殺出來的一口氣加價二十萬的女子，自然是刮目相看。

劉宇飛也下意識地摸了摸自己的鼻子，深吸了一口氣。這看似平靜的表情之下，恐怕也不會太過鎮定了吧？

那位中年老闆加價到了一百零二萬。不過，即便賈似道不太懂得競價中的玄機，也可以看得出來，現在這個價格已經接近他心中的底線了。

「看出來了吧？」彷彿是察覺到了賈似道的想法一樣，劉宇飛在邊上說了一句：「其實，這樣魚龍混雜的地方，比起正規的拍賣行來，更加要講究競價上的策略。」正說著，劉宇飛的手很快地舉了一下，做了一個八的手勢，把價格提到了一百一十萬。

其他兩個年輕人，此時乾脆不再看向拍賣台上的墨玉壽星，應該是放棄了。而中年老闆看向劉宇飛的眼神，有些猶豫。這地方本來就不算寬敞，眾人相互間基本上也都能看得清各自的表情，坐在後面的人稍微有些吃虧罷了。賈似道和劉宇飛自然不是承辦方眼中的大客戶，位置有些靠後，只要別人稍微一轉頭就能瞧見。而要是想看中年老闆的表情，賈似道和劉宇飛則只能看到一個側臉。而只能見到背影的幾個坐在最佳位置上的人，兩件拍品都引不起他們的興趣，坐得穩如磐石。

在那個中年老闆再一次加價兩萬之後，劉宇飛毫不客氣地又加了八萬。

每一次對方一喊價，劉宇飛就直接加價。對方加三萬，劉宇飛就加七萬；對方加兩萬，劉宇飛就加八萬。兩個人你來我往，幾個來回之後，價格到了一百七十萬，中年老闆長歎了一口氣，摸了摸自己腦門上微微出的汗，不再作聲了。

台上的拍賣師樂得有些喜形於色，臉上掛著熱情的微笑，迎接每一次的加價。

邊上的其他人覺得頗為熱鬧，賈似道也被這樣的競價方式給震撼了。正當賈似道以為劉宇飛可以拿下這尊墨玉壽星的時候，那個一直在看熱鬧的年輕女子再次加了二十萬，把價格提到一百九十萬。賈似道的心猛然一抽，這位該不是準備接替中年老闆和劉宇飛卯上了吧？

劉宇飛的嘴角露出一絲苦笑。都說競價的時候，一口氣把價格抬上去沒什麼，但中間緩一緩之後，氣勢勢必就弱了，和打仗的時候要一鼓作氣是一個道理。劉宇飛只能追著年輕女子的價格，再往上抬了。又一輪的競價風暴即將來臨。

很顯然，接下來的事情的發展，大大地出乎了賈似道的意料。他原本還以為劉宇飛會一口氣和那位年輕女子比拚競價到底呢，結果，當價格超過兩百萬的時候，劉宇飛卻停止競價了。賈似道用眼色示意，劉宇飛也無動於衷，好像他對這尊墨玉壽星突然失去了興趣，又或者現在的價格已經超過了劉宇飛的心理價位。

只是賈似道琢磨著，按照劉宇飛對墨玉壽星的追逐程度，以及給爺爺做壽的理由，都不應該才兩百萬就住口了啊？

他再看向年輕女子，正頗有些得意地看著劉宇飛，賈似道腦子裏忽然閃現出一個大膽的想法：該不是劉宇飛看上這位女子了吧？難道是要奉送這尊墨玉壽星來討人家的歡心？

此時，墨玉壽星的競價再次峰迴路轉，出現了新的競爭對手。那個只在開始時競過兩次價的老者，此時舉了一下手，比劃出一個五的數字。

賈似道再看向劉宇飛，這會兒他顯得坦然了很多。

「你該不會真的不準備競價了吧？」賈似道問了一句，「還是說，你事先就猜到了他會再度出手？」

「那倒沒有，人家還會不會出價，又不是我說了算的。」劉宇飛答道，「不過，我自己倒是真的不再參與了。」

「為什麼？難道近在咫尺的墨玉壽星，你就放棄了？」賈似道看著劉宇飛，眼神還有意無意地瞟了瞟那邊的年輕女子。

「你這可是話裏有話啊。」劉宇飛很快就意識到了賈似道的想法，不禁好笑地說：「你覺得，就她的樣貌，還值得我去花這麼多心思討好？」

劉宇飛認真解釋道：「其實這尊墨玉壽星的材質問題不大，不過只是一般的墨玉。但是這雕工顯然不太理想，即便我買下了，也就是自己收藏著玩玩而已，真要拿去給我爺爺，恐怕也送不出手。」

「那你剛才還這麼費力地競拍？我還以為你會拍回去，再找人修飾一下呢。」賈似道笑著說。這墨玉壽星不夠圓潤，不夠氣派，那倒是真的，就是以他的欣賞眼光，也能看得出來。

「你以為是在菜市場買大白菜啊，想買回去就買回去？難道不花錢啊。」劉宇飛歎了一口氣，「既成的墨玉壽星，想要再修飾一下，未必比重新雕刻一尊來得簡單。而且，這樣的玉質，兩百來萬應當就差不多了。如果價格再高的話，恐怕就只能賺個小錢了。」

劉宇飛又說道：「我猜那個女的，應該也是買來送長輩的。」

說起來，墨玉壽星用來送給老人做壽，實在是個不錯的選擇。不但本身能保值，而且也能盡晚輩的孝心，還有很好的寓意和藝術品味。

奈何劉宇飛自己都看不上了，賈似道也只能作罷。聯想到劉宇飛家族裏好幾代人都經營著玉器生意，對於玉器的雕工，自然會比一般人要求高得多。

這尊墨玉壽星最終以二百三十萬的價格，由那位年輕女子拍下。競價的最後階段，年輕女子和老者之間的加價都是一兩萬地加，兩個人都在試探著對方的底線。

當事的雙方以及拍賣師自然是緊張無比，旁人也長了不少見識。尤其是賈似道這樣的新人，以後參加拍賣會倒是心裏有了底，原來看中了一件東西之後，想要收入囊中，還有著這麼多學問。

特別是經過一陣一萬兩萬的拉鋸戰之後，年輕女子似乎是判斷出了老者的底線，突然加了十幾萬的價格，到了二百三十萬，從而一舉把墨玉壽星拿下，的確讓賈似道感悟很多。

第七章

遼金雙魚鏡？

雖然銅鏡和背面的雙魚都是銅質，
但是賈似道卻可以感覺出有細微的差別，
在交接處，賈似道的腦海裏出現兩種不同的感覺。
它們應當是拼湊在一起的，即便都是銅質，
其密度也有一些差異。

失去了自己的追逐目標，劉宇飛之後表現得有些興味索然，要不是賈似道還在興致勃勃地欣賞著，恐怕劉宇飛都準備中途離場了。

為了小心起見，承辦方是不允許大家中途離場的，最多可以到其他會客室裏坐坐，等整個拍賣會結束之後，大家才能一起離開。

賈似道就見到有幾個老闆，在拍得了自己喜歡的東西之後，就有人員引領著離開了。

「你怎麼不出手？」劉宇飛看著賈似道，他似乎對每一件東西都好奇，卻都沒有參與競拍。

「你也知道，這種地方的東西，雖然價格是稍微便宜一些，但是一來假貨比較多，二來我也不太看得懂，怎麼敢隨意出手啊。」賈似道倒是實話實說。

拍賣會的壓軸拍品，竟然是一件西周的青銅鼎，著實是把賈似道給結結實實地震撼了。這玩意兒，要是拿出去拍，絕對是要出事的。

賈似道自然不敢參與這種東西的競拍。即便是劉宇飛，在看到青銅鼎的時候，眼神中流露出豔羨之色，但是也轉瞬而逝，壓根兒就不再仔細打量。先不管這件東西是真是假，哪怕就是拍下了這件東西，承辦方也不會說明東西的來路是什麼。

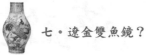

賈似道不禁有些感歎起來了。標準器大多需要靠關係才能接觸得到，如果真有那個興趣把好的東西買了下來，賈似道恐怕也會像其他收藏家一樣，擺在家中，自己欣賞吧？

這件壓軸的青銅鼎，最後拍出了四百多萬的價格，被一個看上去五大三粗的男子給拿下了。而且，這個男子也只在最後時刻參與到了競價中，而他對於先前的其他拍賣品完全沒有興趣。

賈似道打量了那個男子一眼，心裏不由感慨，還真是人不可貌相啊。競價那會兒，這個男子可是氣勢十足，志在必得。

不要說那些一同競價的人了，就連賈似道這樣的看客，心裏也是佩服不已。

出了古玩黑市，賈似道和劉宇飛便一起回到了賓館。

「怎麼樣，好東西見到了不少，可是收穫一點兒沒有，是不是有些失望啊？」劉宇飛看著賈似道那有些茫然的表情，不禁笑著問了一句。

「這有什麼好失望的。」賈似道倒是坦然得很，「自己眼力不夠，即便是看到了什麼好東西，也不敢果斷出手啊。」雖然的確有幾件東西是他喜歡的，但真要賈似道去競價，他卻少了一點自信。

「沒事，以後多參加一些拍賣會，魄力就出來了。」劉宇飛拍了拍賈似道的肩膀，「我還不是這麼鍛煉出來的？」

賈似道聞言只能淡淡地笑了笑，回到自己的房間之後，剛一坐下，又想到了什麼，就到了賓館的保險櫃那邊，把下午收上來的根雕給拿了回來。

這會兒，看著手中的根雕，賈似道有些按捺不住心裏的好奇了。這個大阿修羅王的根雕雖然模樣有些猙獰，卻很精緻。木質也還不錯，光是這麼一件根雕，六千塊錢至少不會虧本。

據賈似道所知，根雕古來有之，尤其是神佛一類的根雕，在古代還是比較普遍的。最為出名的，就是韓愈的那首《題木居士》了。其中寫到「火透波穿不計春，根如頭面幹如身。偶然題作木居士，便有無窮求福人。」詩中的「木居士」，就是一件被視作「神佛」形象的根藝作品。

當然，這件大阿修羅王的根雕形象上趨於西化，和國內常見的觀音、彌勒還有著一些差別。賈似道先察看了木質，覺得年代應該不會太早。要是從雕刻的風格上來判斷的話，賈似道就外行了，一點兒也看不出來。

要不要去問一下劉宇飛呢？賈似道心裏正猶豫呢，手機響了起來。他看了一下號碼，竟然是這幾天都沒有聯繫的劉澤坤，不由得心裏一動，莫不是他姐姐那邊的抱月瓶可以弄上手了？

「小賈啊，我是劉澤坤啊。」電話裏劉澤坤有些猶豫的聲音，「那個，我這幾天和我姐也談了好幾次，我外甥那邊，我也找他說了說……」

「結果怎麼樣？」賈似道有些緊張地問道，這可是他第一次出遠門收東西呢，他來河南最大的目的，就是收上一兩件瓷器了。

「結果，我姐說了，如果真的是為小亮考慮的話，那幾件稍微差一些的瓶子，隨便出手一件，也足夠小亮的學費了。」劉澤坤說。

「我姐雖然知道你喜歡收藏瓷器，但是你看中的那件，我姐的口風實在是緊得很。我勸了幾次，也沒什麼效果。我看這事要辦成實在是不太容易。」

「哦，那沒事，還是要謝謝你啊。」賈似道客氣地說了一句。

「別，小賈你可千萬別這麼說。要不是你的話，也許我還在臨海回不來了呢。」劉澤坤說，「有機會的話，我會再勸勸我姐的。要是還有希望的話，我到時候一定打電話通知你。」

「沒問題，就這樣吧。」賈似道應道。

「嗯，那就先這樣了。我是怕我這邊事情沒辦好，又耽誤了你們的時間，就先和你說一聲了。」劉澤坤說。

結束通話之後，賈似道的心裏多少有些失望。看來這一趟河南之行，實在是不太順利。不過，收藏這一行，本來也就是這樣。有時候，不經意地花幾百塊錢，就能換回幾百上千萬的珍品，而有時候費盡了心思找到一件好東西，也沒有機會上手，甚至還有傾家蕩產買到贗品的。

賈似道看了看放在床頭櫃上的根雕，這才微微露出一絲欣慰的笑容來。想到這件根雕之中可能還有著一些秘密，賈似道原本想立刻把它打開的，現在卻有些猶豫了。就像那塊巨型翡翠原石切開之後，出現了玻璃種帝王綠翡翠一樣，賈似道就對劉宇飛有所隱瞞，有些秘密還是想一個人獨享的。

如果他現在就把根雕打開來，取出裏面所藏的東西，再想把它恢復成原先的模樣可就不太容易了。到時候，只要劉宇飛見到了，就勢必會有所懷疑。還是再忍幾天吧，賈似道握了握拳頭，下定了決心。

第二天，兩個人也沒什麼興致在神垕鎮再逛了，但再等一天就是神垕鎮古玩市場開市的日子了，賈似道有心留下來看一看，但是劉宇飛卻接到家裏的電話，讓他儘快回去。

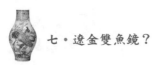

賈似道問了一句，劉宇飛說是生意上的事，便也不好再留他。

劉宇飛走後，賈似道，琢磨著可以辦點私人的事情了。現在賈似道手上的根雕，已經被他在房間裏打開來了。

賈似道在網上找了好久資料，想看看這根雕中藏有東西的情況，是不是在以前出現過。登入「天下收藏」論壇之後，賈似道特意請教了一位雜項類的老先生，才得知了一個很形象的名詞：木造藏。

木造藏這種玩意兒，聽說過的人絕對不多，但是，在一些專家眼裏，這種東西無疑帶有一些神秘色彩，最大的意義在於其中所藏的東西。

木造藏是一種很古老的用來保存寶物的物品。它們大多是利用木雕、根雕製作而成，其製作方法也不複雜，只要將木材劈開，挖空中間部位，然後放進去需要保存的東西，再以特殊的手法黏合。

通常使用最多的方法，則是在黏合之後，再把材料雕刻出各種形態，然後以蠟塗抹。這樣一來，看上去就像是一件完整的木雕，很難被人察覺出其中藏了東西。其他的比如在銅像裏藏東西，或者在兵器裏藏東西，也是同樣做法。

木造藏的真正製作方法，到了現代已經無從考證，而且現存的木造藏也很少。賈似道討教的時候，那位老先生還好奇地問了一下，是不是賈似道手頭有這麼一件東西呢。賈似道只能說是自己出於好奇問問罷了。

再看手上的這件根雕，模樣栩栩如生，要不是賈似道用特殊能力探測了一回，還真難發現這是一件木造藏呢。想來製作它的時候，應該花費了不少心思吧？可想而知，這其中保存的東西，應該也不會太過簡單。

賈似道把根雕放在床頭櫃上，伸手在根雕的背部慢慢地摸索起來，找到了那道劈開過的縫隙。從表面上來看，位置剛好在大阿修羅王背部的邊緣，因為有大阿修羅王的手，交接處的雕刻工藝還是比較複雜的。而根雕的縫隙被放在這個地方，實在是很能掩人耳目的處理方式。再加上外層塗蠟，難怪這麼多年來，經手這件根雕的人都沒有察覺到這其中還另有玄機。賈似道能找到，也算是機緣巧合了。

賈似道拿來工具，沿著根雕原本的縫隙撬開，只聽「啪嗒」一聲，整件根雕便裂了開來。

其中所藏的東西自然出現在賈似道眼前。正如先前他所猜測的那樣，有一團折疊起來的紙張和一塊石頭。整件根雕的空心部位並不大，還塞不進賈似道的一個拳頭。也許是因為年代有些久遠了，空心處的壁上有些疏鬆，根雕裂開的時候，還散落下一些軟綿綿的細小木屑。

賈似道用手一摸，才知道自己猜錯了，這些粉末狀的東西，更像是用來防潮的。

當看到如拇指粗細的小石頭時，賈似道的嘴角掛上了淡淡的微笑。難怪那感知如此熟悉呢，出現在眼前的赫然是一塊翡翠，竟然還是一塊很少見的紅色翡翠。都說紅色為翡，綠色為翠。

紅翡，賈似道只是見到過，自己並沒有擁有，看著這麼一點鮮豔奪目的雞血紅，心裏著實喜歡，在手裏把玩了一下，感覺有些清冷。

賈似道小心地打開折起來的紙張，是一張粗劣的草圖，上面畫著一些山水，還有幾筆線條，算是道路。還有一座看上去像是寺廟的建築，要不是邊上寫著「神龍寺」三個字，賈似道都不能確定。

但畫工實在是不敢恭維，該不會是製作根雕的人留下來戲弄後人的吧？

整整一個下午的時間，賈似道都在琢磨著這張紙是什麼意思。

要是看簡單粗劣的筆跡，應該是一時興起之作，而且落筆上也顯得比較匆忙，尤其是那寥寥幾筆的路線，乍一看去完全摸不著頭腦。

以「神龍寺」為關鍵字，賈似道在網路上搜索了一下，一看結果，臉上露出一絲苦笑。不是沒有這個名字的寺廟，而是以此為名的寺廟太多，而且分佈在全國各地。要是每一個都親自去的話，天知道找到紙上所畫的那個神龍寺究竟要到什麼時候呢。而這張紙上的地形圖，要是不能親自去實地考察的話，光是看網路上某某神龍寺的幾張圖片，實在是很難確認。

賈似道甚至覺得，這畫上的神龍寺，好像還是一片廢墟，似乎被人為地破壞了。如果真是哪個出名的名勝古蹟，到了現在這年頭，估計也早就重新修葺過了，現在都提倡旅遊經濟了。真要有什麼好東西藏在寺廟之中，恐怕也早就被人發現了，哪還輪到賈似道去撿漏？

拿著根雕在手上來回掂量了幾下，除去大阿修羅王的形象即便是分裂成兩半之後依然有些猙獰之外，沒有什麼特殊的發現。

而那塊讓賈似道欣喜的雞血紅翡翠，似乎給了賈似道幾個可能性的提示。其一，就是製作者知道這塊翡翠的價值高昂，想把它藏在根雕裏；其二，這塊翡翠和紙上所畫的地方有著某種聯繫；其三，就是先人用來愚弄後人的一個玩笑之作了。

賈似道想來想去，覺得還是第二點比較實在。要說這第一點，這塊紅色翡翠的質地，的確是冰種，而且雞血紅的顏色非常鮮豔，但是論到價值以及市場流通，冰種的紅翡自然還是比不過玻璃種的綠翡翠的，而且還是這麼小的一塊，應該還不至於特意打造一個根雕來保存，尤其是這裏面還一同存放著一張莫名其妙的地圖。

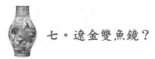

第三點也頗有可能，不然，也不會弄一個大阿修羅造型的根雕出來吧？

賈似道收起了紙張以及小塊紅翡，打算等回去之後，找個熟悉根雕的人，問一下這件東西的製作年代。只有確定了年代，再看看在那個時候都有哪些神龍寺。

不管這張紙上所隱藏的是什麼秘密，既然被自己遇到了，賈似道即便是花點時間把它解開，也是一件很有意思的事情。

收藏，不就是為了這些樂趣嗎？

第二天一早，賈似道來到了古玩集市，地方不是很大，卻也熱鬧。尤其是賣瓷器的攤子特別多。只是賈似道匆匆地看了幾家之後，以他的眼光而言，這些東西大多數都屬於旅遊產品。再看周圍人頭攢動的景象，賈似道也只能苦笑不語了。有什麼樣的顧客，就有什麼樣的商品啊。

擺著東西叫賣的小販們，還是非常樂意見到如此情景的。而且，遇到不懂行的人，東西才容易出手。特別是那些一知半解的新手，只要作舊的東西在某一處對得上他們的認知，他們就會片面地認定這件東西是對的，被自己給撿漏了。出起價錢來，絕對讓小販們眉開眼笑。

看著不管是賣家還是買家，都是樂呵呵的樣子，哪怕是一些一眼假的東西，也就是俗稱的「大路貨」，都能賣出不錯的價錢，買的人得意之色溢於言表，賈似道也只好聳了聳肩，在古玩集市上淘起寶來。

淘東西，講究的就是一個「淘」字。

那些店鋪，賈似道沒有興趣去看，那裏的東西，不是價格貴，就是衝著那些旅遊客去的，標明了是現代品，又品相精美。

對這樣的店鋪，賈似道倒是贊成的。不欺不騙，哪怕價格稍微有些虛高，但是買家知道自己要買的是什麼東西，就和買普通工藝品一樣，這其中就沒有那麼多的虛假了。

賈似道自然不會滿足於旅遊產品，那些露天的小攤，對於收藏者來說，更能體現出一個「淘」字的真味。

賈似道沒走幾步，就看到一個衣服樸素的中年婦女，手裏正捧著一面鏡子，神色微微有些焦急，站在一個小販攤位的邊上左顧右盼，那頗為忐忑的樣子，自然引起了賈似道的好奇。

賈似道剛一靠近，那位中年婦女見好不容易來了一個人，遞出手裏的鏡子之後，就說道：「我家裏的孩子正在浙江那邊念大學，這不，我家裏留下的一面銅鏡，想過來賣賣看，能不能籌到孩子下半年的學費。」

賈似道看了看鏡子，只見這面銅鏡的鏡面上有些包漿，或許是收藏不是很妥當的原因，微微有些殘損，不是很完整，而鏡子的背面以及邊緣都熠熠生輝，完全顯現出銅鏡的光澤，表現比較自然。

而鏡鈕弦紋從工藝上來看，屬於典型的遼金工藝，尤其是鏡子背面上的那兩條魚，屬於浮雕，這在賈似道還不是很完善的青銅鏡的資料印象中，倒是頗為少見。

賈似道一邊把玩著，一邊問了一句：「大姐，您家孩子在浙江的什麼大學讀書啊？」

「喲，我那閨女可爭氣得很呢，在杭州的浙江理工大學讀書。」

中年婦女看到賈似道正打量著她的銅鏡，似乎是有購買的意思，臉上有了笑容，說道：「我閨女讀書的成績可好了，要不是我閨女想著趁讀書的時候去沿海那邊見見世面，我和她爸都不願意她去浙江呢。對了，小兄弟，你看這鏡子能值多少錢？」

「這個？」賈似道示意了一下手上的銅鏡，「我也不是很清楚，我可沒收過銅鏡。」

賈似道倒是實話實說，而且聽中年婦女的口氣，對浙江理工大學似乎很熟悉，不像是說謊。

「如果能賣個六七千，我就出手了。」

中年婦女聽了賈似道的話之後，似乎有些失望：「不然賣了也沒意思，還不如去親戚家先借點錢。」

「呵呵，如果東西對的話，六七千還是不成問題的。」

賈似道安慰了她一句，他掂量著手裏的銅鏡，如果真的是遼金鏡中的雙魚鏡的話，應該能到萬元以上：「這樣吧，如果您真的急需用錢的話，五千塊錢，我收了，怎麼樣？」

「五千太少了，至少六千五。」中年婦女說。

「那讓我再想一下。」賈似道正在看呢，邊上又過來一個人，說道：「呀，雙魚鏡？這可是不錯的東西啊。」說著還湊到賈似道跟前，想要上手，看到賈似道還在看，就訕訕地把手縮了回去，衝著中年婦女問了一句：「大妹子，這東西多少錢啊？」

「大姐，對不起了，這東西這位小兄弟正在看呢。」中年婦女的回答倒是厚道得很。

賈似道抬眼打量了一下來人，也是一個婦女，年紀明顯要比銅鏡的主人更年長一些。看她說話的語氣，賈似道心裏琢磨著，該不是遇到了懂行的吧？說起來，這銅鏡賣六千五的確不貴。再說，銅鏡的主人說話很樸素厚道，讓人心裏舒服，賈似道正準備答應下來呢。但再多看了一眼後來的這位大姐時，有那麼一瞬間，賈似道覺得眼前這兩個人的外貌有些相像。

但是，賈似道仔細去打量的時候，卻又覺得兩個人不像。難道是錯覺？賈似道再一看自己手裏的銅鏡，心裏還是有些不太放心，便集中注意力，用自己的左手感知了一下，很快，他啞然失笑。

雖然銅鏡和背面的雙魚都是銅質，但是賈似道卻可以感覺出有細微的差別，尤其是在交接處，兩種不同的感覺赫然出現在賈似道的腦海裏。它們應當是拼湊在一起的，即便都是銅質，其密度也有一些差異。

而有了這個想法之後，賈似道再去仔細觀察的時候，自然就發現了兩個部分乍一看去沒什麼差別，但細微之處還是有點不同。一部分比較舊，一部分比較新。在接合之後，動了一些手腳，用行話說，就是作舊了。

原來這鏡子是真的，而最為重要的浮雕雙魚卻是作假的！

「既然五千的價格不行，不如就讓給這位懂行的大姐吧。」賈似道微笑著把手上的銅鏡遞到了後來的那位婦女手上，說道：「反正我對銅鏡也是個外行，還不如把它留給喜歡的人吧。」

然後，賈似道心情舒暢地離開了，留下兩個面面相覷的中年婦女，有些回不過神來。

別看賈似道走得很瀟灑，心裏還是有些後怕的。前幾天，他遇到過唱雙簧販賣戰國銅鏡的人，今天又來個遼金銅鏡，真是讓賈似道有些哭笑不得，不過這兩次經歷也讓他更加小心起來。露天攤位上的好東西是有的，但假的東西無疑更多。

賈似道剛在一個攤位上蹲下來看了看，攤主就滿臉笑意地說：

「這位小兄弟您可瞧好了，這可是真正的宋代鈞瓷啊。您看看這盤子，這大小，這色……嘖嘖，一般的鈞瓷可都沒有這麼好看的，絕對是鈞瓷中的珍品啊！對了，小兄弟，五大名窯汝、官、哥、鈞、定，你聽說過吧？」

賈似道點了點頭，再一看攤主所指的那個盤子，的確是個很大的盤子，直徑足有三十多釐米，看著的確讓人很震撼。不過，釉色卻是青花的，要知道，真正的青花瓷最早也在元代。

對此，賈似道的印象可是非常深刻的，誰讓這年頭元青花這麼值錢呢？

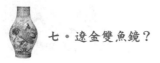

而且就眼前這個盤子的器型來看，即便真的是古董，至少也是在明代才會出現這種形制的盤子，不要說是直徑三四十釐米的了，就是五六十釐米的都有。

微微搖了搖頭，淡淡一笑，賈似道站起身來，轉身就離開了。

那個攤主看賈似道走了，嘴裏還嘀咕著什麼不識貨，他或許壓根兒就不知道，他的話裏有這麼多破綻。

看來，神垕鎮這個鈞瓷聖地，也不見得就有真品啊！

第八章

撿漏的機遇

對於老者來說，這就是撿漏的一個機遇了。
老者也不想聽從賈似道的建議再找人鑒定。
十萬塊錢對於鈞瓷小碗來說，實在是太便宜，
老者還生怕中年漢子
在明白了小碗的價值之後再加價呢。

雖然事先賈似道就預料到了這樣的結果，但是當自己真的遇上這種情況，他心裏多少還是有些失望的。又逛了十來分鐘，還是沒見到什麼特別喜歡的東西，賈似道顯得有些意興闌珊，正要打道回府，忽然見到前面有個攤位，圍觀的人並不多，再看其擺放的東西，竟然大多是碎瓷片。

伴隨著這幾年古玩收藏的熱潮，由於有更多的人加入到了淘寶大軍之中，一時間自然出現了僧多粥少的局面。畢竟，真正的好東西實在是少之又少。那麼，當品相完整的瓷器珍品沒有機會收入囊中的時候，如果藏家又特別喜歡諸如元青花、鈞瓷一類非常難得的瓷器，如果有機會能夠收藏到一兩片這些瓷器的殘片，也算是個不錯的方式。至少也見識了真品，並且上過手了。

就像元青花，記錄在案的不過是百來件而已。世界上有這麼多的藏家，又怎麼可能人手　個？都說地大物博，興許民間還有幾個元青花呢，運氣好的話，說不定還真能撿漏到一個。但一個收藏愛好者，要是抱著如此心態來玩收藏的話，難免要打眼。

至於其他不是那麼珍貴的古代碎瓷片，只要東西對，卻也絕對是學習鑒定瓷器必備的藏品之一，即便是碎的，那也是真品。除去欣賞價值、經濟價值上和完整的器物有很大差別之外，對於學習而言，倒也還算是個標準了。

尤其是對於賈似道而言，這樣的碎瓷片，正好可以讓特殊能力來逐一感知各種不同瓷器之間的差別，時間長了，興許還能分辨出不同年代的瓷器來呢。

賈似道立刻樂呵呵地湊了過去，看看賣家，是個比賈似道稍長幾歲的男人。因為基本沒什麼人圍觀，賣的東西又是碎瓷片，也不怕別人不小心給摔了，這會兒，賣家正悠閒地看著隔壁攤位的小販做生意呢。對於討價還價的過程，還看得津津有味的，也不怕自己的東西被人給順手牽羊了。

「大哥，您這瓷片怎麼賣啊？」賈似道看到即便自己走近了，這位賣家竟然也沒有察覺，不禁喊了一聲。

「哦，你要碎瓷片？好咧，你先挑吧。挑好了，咱再談價錢。」那賣家應了一聲，便伸手示意賈似道隨便挑。

賈似道也不客氣，蹲下身子，在攤上隨意翻撿起來，那模樣還煞有介事，似乎他是個中老手一樣。不過，賈似道的心裏卻清楚得很，不要說是這滿堆的碎瓷片了，就是擺著的全部都是瓷器成品，他也是不太看得出來的。

好在他一邊翻撿著，一邊還可以用自己的左手隨意地感知一下這些瓷片的質地，只要不是那種在超市裏出現過的瓷器的感覺，賈似道也沒覺得挑選這樣的瓷片還有什麼需要注意的。於是，賈似道的動作在不明所以的人眼裏看起來，純粹就是個外行。

賈似道挑碎瓷片也沒有重點，青花的也好，粉彩的也罷，哪怕就是一片白瓷，賈似道也能拿起來掂量，而且還不細看，只是用手指來回觸摸幾下，有的就放了回去，有的則擺到一邊。

那挑選的速度，看得賣瓷片的這個男人也吃驚不已，心裏琢磨著，是不是等下談價錢的時候可以狠宰一回呢？

賈似道卻不在意別人的目光，兀自挑選著自己喜歡的碎瓷片。

當然，賈似道也不是全部都不懂，簡單的色還是可以區分得出來的。而且部分還殘留著一些圖案的碎瓷片，賈似道也能辨別出個大概來。就像一片兩根手指寬的青花瓷片，一頭呈三角形，稍寬，一頭則比較尖細，長度有七八釐米，無論是其有些暈散的發色，還是彎曲的弧度，東西都比較真。賈似道推測，應該是屬於較大器型的殘片，而且那弧度看著也有點像是梅瓶腹部的感覺，青花部分的纏枝紋相當明顯。

在具體的年代上，以這種青花的發色和走勢來看，應當是屬於明代的。畢竟，初一看去，還是具備了明代青花瓷的特點的。

此外，和這片青花瓷片類似的，還有一片更大一些的青花碎瓷片，賈似道心裏還有些拿不準。不過，既然都是碎瓷片了，賈似道也就不那麼較真了，直接擺到了自己準備收下的那一小堆上。

如果是個行家的話，還能根據一個碎瓷片來判斷出是什麼年代、哪個窯口，相應的價格也就一目了然了。賈似道沒這樣的本事，只能根據自己的感覺來選。

而且賈似道也知道，做買賣的時候，一定要多留個心眼兒，尤其是在古玩集市這樣的地方，對於自己喜歡的東西，千萬不要喜形於色。這些小販們，一個個可都精明著呢。挑東西的時候，臉上哪怕是神色微微有些變化，也逃不過他們毒辣的眼光。

只要對某件東西露出喜歡的神情，那麼買家將為此付出比原本要高得多的價格，不然根本就拿不到手。

所以賈似道在挑揀的時候，才會有著先前那樣的新人愣頭青的舉動，有特殊感知能力輔助是一個方面，故意以這樣的舉止來擾亂小販的注意力，也是賈似道的另一個目的。

胡亂地挑了不少，大概有四五十片的樣子，幾乎把整個攤位上的碎瓷片給翻了一個遍，賈似道這才站了起來，問道：「老闆，就這些吧，一共多少錢？」

賣家數了數，一共是四十三片，有大有小，類型各異，他猶豫了一下，便開口說：「我這裏的碎瓷片，可都是老東西，如果是單件出售的話，一般都是按照大小，五十到六十一片，既然你一次性買了這麼多，那就給你便宜一些，湊個整數，兩千塊錢好了。」

賈似道心裏一愣，這碎瓷片這麼貴？

如果是元青花，又或者是北宋汝瓷一類的碎瓷片，不要說是五六十了，就是五六千，賈似道也會毫不猶豫。不過，眼前的這些碎瓷片，一來，這裏面可摻雜著不少現代品，賈似道雖然看不太出來，但是特殊能力應該不會錯得太離譜。

很顯然，這位賣家也是心知肚明的。

賣碎瓷片的，哪能不摻點東西進去啊？興許哪個不懂行的人，就把現代品當成古代瓷器碎片給收了去呢。現代的碎瓷片，能值什麼錢？扔在地上都沒人撿。這一轉手就是幾十塊的價格，自然是讓人心動了。

另外，這些瓷片雖然什麼樣的都有，但不見得眼前這位賣家就很清楚。比如賈似道剛才可以比較肯定的那塊明朝青花瓷片，自然比其他瓷片價格要高上一些。既然賣家把這些都全部給扔到一起來出售，自然是對於瓷器不是很瞭解。

不要說是賣碎瓷片的了，就是賣完整器物的，除去少數的小販還能懂一些，其他的大多數小販都是不太懂行的。無非是按照收上來的價格，再添一些價錢來賣而已。只要不虧本，一般來說，如果買家有耐心的話，基本都能砍下價來。

想到這裏，賈似道臉色就沉了下來，說道：「老闆，這些都只是普通的瓷片，你開的價格是不是太離譜了啊？」

「小兄弟，這你就不懂了吧？」賣家似乎看出了賈似道是個新手，說道：「看你挑選的動作，也是玩過幾天瓷器的了。你應該可以看出，我這裏的可都是真東西吧？」說著，還很緊張地看著賈似道，生怕賈似道搖頭否認。

看到賈似道並沒有什麼特別反應之後，賣家才繼續說道：「而且，這麼多的碎瓷片，被你這麼一輪挑選，當然是這裏面價格高的瓷片都被你給挑走了。我如果不要價高一點，可就要虧了。我們這些做買賣的，日子也不好混啊。」

「可是，這將近五十一片的價格，也實在是太高了啊。」賈似道猶豫了一陣，看到賣家不為所動，於是像是下了決心一樣，忽然重新蹲下身子，在自己挑選出來的這些碎瓷片裏又撿了撿，把稍微大一些的都給挑了出來，放到了一邊，然後才指著小片的一堆，對賣家說：「老闆，你看這樣行不，這些大片的都不要了，這價格上是不是可以便宜很多啊？」

「呃，這個……」賣家一時間有些不知道說什麼好了。

畢竟，先前他把話說得太滿了，什麼碎瓷片也是按照挑選的先後順序，再有就是以瓷片的大小來論價格。這會兒倒好，賈似道把挑選出來的大片都還給他了，不要了。賣家琢磨著，這買賣有點虧，賈似道要的東西越少，他所賺到的自然也就越少了，至於先前的那番說辭，壓根兒就是胡謅的。

賈似道走了之後，下回來人，他們還是這麼一套說法，難道還能說我的東西都是別人挑剩下來的？那樣能賣得出去才怪呢。

莫非眼前這位年輕人是個老手？

賣家看著賈似道，不禁有了這個想法。也難怪，誰讓賈似道一直裝出自己是個新手呢？尤其是賣家說賈似道是個行家的時候，眼角的笑意都被賈似道很好的掩飾了起來。想到這裏，賣家再看向賈似道的目光，就變得有些彆扭起來。原本還以為能狠宰一刀呢，結果倒好，把自己給繞進去了。

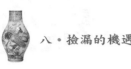

「小兄弟，你可是真人不露相啊。」賣家贊了一句，到了這會兒，他也不敢肯定賈似道究竟是看中了哪幾塊碎瓷片。如果賣家直接說小堆部分只需要八百的話，如果賈似道說要大堆的，先前不是全部合在一起兩千塊嗎，那麼大的一堆賈似道給個一千二，賣家同樣是無話可說。

「我看這麼著吧，這些你挑出來的瓷片，你都拿去。既然都已經挑出來了，也算是這些東西與你有緣，這可不太容易啊。我看小兄弟你也是個行家，剛才我說的話是有點不靠譜，你總不至於和我們計較吧？」這回，賣家嘴裏說著「行家」兩個字的時候，可是說得理直氣壯。

賈似道笑笑，也不反駁，問了一句：「那這價錢？」

「價錢好說。」中年漢子笑了笑，說道：「你看，能值多少錢呢？」

「要我說的話，這可就拿不準了啊。」賈似道才不會自己先開口呢，雖然賣家現在是處於砍價的下風，但是，只要賈似道隨意說出個價格來，對方就能猜到賈似道的心思。高了，對方可能立即就答應，低了，又會覺得賈似道做作，乾脆不賣了。這可都不是賈似道樂於見到的，只能反問回去。

「呵呵，說起來，我的這批碎瓷片，在品質上，絕對是貨真價實的東西。我自己收過來的時候，也是花了不少錢的。」

賣家歎了一口氣，說道：「我就跟你直說了吧，我對於瓷片也不是太懂。這五六十塊一片的價格，還是別人給我參謀的呢。要不，這些碎瓷片，你就給個一千五怎麼樣？」

「一千五還是有點高啊。」賈似道應了一句。

「那就一千四百吧，可不能再低了，再低我也不能虧本了賣，是吧？」賣家見賈似道在一千五的價格上微微猶豫了一下便還價了，就知道這個價格應該距離賈似道的心理價位不太遠了，當即減了一百塊錢。

做買賣就是這樣，要是先前開出的兩千塊賈似道完全難以接受的話，勢必會再挑些瓷片的毛病，或者乾脆直接走人。

「一千二吧。」賈似道應道，「每塊瓷片三十來塊的價格，已經不少了。」

「再加點吧。要不，你再挑兩片，一千四百塊，真的不能再少了。」賣家苦笑著說。

「好吧，這幾塊瓷片，我還真是挺喜歡的，那我就再挑兩片。」賈似道也不想過多地在這個攤位上耽擱，他先把原先分開的兩堆大小碎瓷片合到一起，再從攤上撿了一片，正想再隨意撿一片呢，忽然發現在攤位的邊上，還有一片蟹爪紋開片的瓷片，只有拇指大小，顏色看上去有些發青、甚至有點發灰，毫不起眼。

賈似道心裏一動，撿了過來，然後才對賣家說：「老闆，就這兩片，沒問題吧？」

「行。」賣家看賈似道撿起瓷片都沒怎麼看，也不覺得會是好東西，再說，如果有人一次買了四五十片的碎瓷片，即便是當做添頭，送個一片兩片的，也很正常。

付了錢，賈似道向賣家要了幾張舊報紙把碎瓷片包起來。賈似道又在古玩集市逛了逛，卻沒有再出手。不是他沒看到好東西，而是他心裏沒底。他看上的玩意兒，隨便一件瓷器，都要價幾十萬，實在是沒什麼把握。

看看時間已經接近中午，賈似道便出了古玩集市，往賓館走去。他一邊走，一邊琢磨著自己今後的打算。

來了一趟河南，收穫雖然不大，卻也讓賈似道意識到了自己在收藏上的不足。如果面對翡翠的話，他的特殊能力無疑是有著很強的鑒定能力的。但是，在面對瓷器的時候，賈似道卻有些束手束腳了，遠沒有玩賭石的時候那麼得心應手。

難道他就只能一直賭石，不再碰瓷器？

賭石自然是要繼續的，對於賈似道來說，這就是他的資金來源。有了資金，才能辦更多的事情。而瓷器，無疑讓賈似道逐漸領略到了收藏的魅力，尤其是瞭解到了更多的知識，對於賈似道這樣的年輕人來說，無疑可以讓自己的心靈變得更加沉靜。

瓷器傳承有序，每一件瓷器背後的故事，乃至於那個時代的歷史背景，都讓賈似道心裏升起一股民族自豪感。

走著走著，賈似道猛然感覺到好像有什麼東西砸到了自己的腳上。雖然不是很疼，但那種被砸到的感觸，卻很清晰。浮想聯翩的思緒立刻回到了現實，他停下來低頭一看，自己的腳尖前有不少泥土，鞋面上也有，而在這些泥土的邊上，正有一口小碗。

賈似道還在打量的時候，邊上立即就有人上來，先對賈似道說了一句帶著濃重河南腔的「對不起」，然後就伸手去撿地上的那口小碗，如同是寶貝一樣，還用自己的袖了擦了擦碗上的泥土。

賈似道一邊嘴裏應著沒事，一邊觀察起周邊的環境來。這裏應該是一個居民區，邊上有幾間民房，而且賈似道所走的道路，正是在民房屋後。

上來撿碗的這個男子，看上去有四十多歲，模樣挺憨厚的，雙手有些髒，身上也出了不少汗，在他身後，有一堵已經倒塌了一半的小土牆。仔細一看，還有其餘兩面土牆的痕跡，三面剛好在房子的後面圍成一個不大的區域，賈似道猜測原先應該是用來放東西的，或者是用來養豬養雞的。

看土牆內的土地被翻開了不少，已經出現了一個半米多深的大坑，那些擱在邊上的鋤頭、鐵鏟，讓賈似道看著感到分外親切，就像是回到了自己小時候，在家裏跟著父親一起勞作。

看到賈似道疑惑的表情之後，中年男子也換了說話的口音，改用半生不熟的普通話來講。

原來，他正解釋著剛才發生的事情。他沒注意到賈似道走過來，更不知道這地底下還能挖出一口碗來。所以鏟子的力道沒把握好，就把這碗給拋到了道路上了。賈似道看了一下小土牆，就在街邊，發生這樣的事情，也不能怪他。說起來，還是賈似道自己有些心不在焉。

不過，聽了對方的話之後，賈似道不禁再次打量了一下他手中的小碗，問了一句：「這口碗，能不能讓我看看？」

他們正說話呢，賈似道身後又走過來一個老者，和賈似道爭著要看這口小碗。原來剛才這一幕，全讓這位老者看見了。

於是，就在賈似道還有些發愣的時候，老者搶在賈似道之前伸手從中年男子的手裏接過了小碗，在手裏把玩著，翻來覆去地看。以賈似道的見識，看到老者手上的動作，竟然還挺純熟，心裏便猜測對方應該是古玩行裏的人，看來他對於這件瓷器應該有著不少認識。

一邊看，老者的嘴裏一邊發出讚歎之聲。

當然，老者把玩了一陣之後，自然而然地就對中年男子開口詢問這口小碗有沒有出手的意思。至於邊上的賈似道，似乎完全被這位老者給忽視了。

賈似道也只能是乾瞪眼了。原本他還打算上去看幾眼的，而現在他總不能衝上前去，從老者的手裏把小碗給奪過來吧？雖然說起來，還是賈似道最先看到那口小碗的。

好在，即便賈似道沒有親自上手，但是因為距離比較近，在老者把玩的過程中，賈似道從小碗的器型來看，應該是個有些年頭的老東西了，尤其是表面的色，乍一看去，很容易讓人想到是件珍品，再說這裏可是距離鈞瓷的窯口不遠啊。難免就讓人生起一種僥倖心理，在悠久的歷史中，總會有那麼一兩件漏網之魚被人撿到吧？特別是眼前的這番景象，這可是剛從地裏挖出來的，真品的可能性非常高。

賈似道琢磨著，如果說眼前這位老者還有裝模作樣的可能的話，那麼，這位正在自家後院挖地的中年男子呢？瞧他那憨厚的模樣，怎麼看也不像是一個騙子。

當然，人不可貌相，尤其是在古玩行裏，賈似道心裏牢記著這一點，任何事情，都只能是對物不對人，哪怕再相信自己的眼力，也不要去相信故事。畢竟，人的表情是可以裝的，故事是可以編的，只有憑眼力，如果眼力不到位被騙了，那也就只能怨自己了。要想玩古玩，就勢必要擦亮眼睛。

中年男子應了一句：「老大爺，這東西是從地裏挖出來的，按說，這是要交公的。」

這麼一來，賈似道再看向中年男子和老者的眼神，就有些怪異起來。不說現在這年頭，像中年男子這樣的人已經非常少了，特別是老者努力勸說著，對中年男子一直追問著，直接把價格開到了三萬塊，中年男子都沒有點頭答應。

這著實是有些反常。從中年男子的穿著以及邊上的房子看，不要說是三萬了，就是一萬兩萬，對於他來說，也應該是一筆不小的錢了。

再說，現在這附近，到現在為止也只有老者、中年男子以及賈似道三個人。只要這三個人不說，任誰也不知道，挖個坑、翻個地，還挖出了一口鈞瓷小碗來吧？

中年男子在老者的追問下，眼光有意無意地瞄了瞄賈似道。老者立即會意過來，中年男子是怕被賈似道給告了。老者轉頭對賈似道說：「小夥子，都說好東西見者有份，既然你也看見了，就分你一千塊錢怎麼樣？」

那話裏的意思，只要賈似道不聲張出去，老者就能給他一千塊錢，算是封口費了。

事情發展到現在，有些超出了賈似道的想像。什麼都還沒做呢，對方也沒有要自己出錢，甚至還要給自己錢。莫非這小碗，真的是北宋的東西？不然，老者花個三五萬的，也實在是冤了一些。

「行。」賈似道不傻，當即點了點頭，對老者說：「不過，既然是好東西，能不能讓我過過手呢？」看到老者有些猶豫，賈似道微微一笑：「老大爺，您放心，即便是我看了心裏喜歡，也可以再從您的手裏收過來，這會兒，我是絕對不會和您爭的，這個規矩我懂。」

「看不出來，小夥子你還是行裏人啊，那就請吧。」老者隨手把小碗遞了過來。

賈似道站在原地沒接，微笑不語。

「哦，瞧我激動的，你看，把這都給忘了。」老者老臉一紅，訕訕一笑，然後把小碗放到了地上，放穩妥了，賈似道這才拿了起來，把玩一陣。

沒辦法，出門在外，尤其是遇到貴重古玩交接，勢必要按照規矩來，不然，真遇到個碰瓷的，賈似道就是有理也說不清了。

手裏拿著小碗，不論賈似道怎麼看，都覺得這東西挺對的。當然，真正的鈞瓷賈似道也沒上過手，唯一可信的，還是自己的特殊能力，賈似道一琢磨，便把自己的注意力集中到了左手上，然後一點一點地把感知力滲透進手中的小碗。

只是整個小碗出現在腦海中的感覺特別怪異，似乎整口小碗不是很一致。賈似道心中微微有些驚疑，皺了皺眉頭。

一直關注著賈似道的老者，自然問了一句：「小夥子，怎麼了？難道這東西不對？」

「看不太好。」賈似道應了一句。邊上的中年男子看著賈似道和老者眉來眼去的，微微有些著急了，他像是下定了決心一樣，對著老者說：「老大爺，這東西如果真賣了的話，會不會犯事啊？我這心裏總覺得有些虛。」

「呵呵，沒事。」老者倒是顯得很放心的樣子。

「可是，我聽人說，隨意地賣這東西是犯法的。如果這小碗真有什麼來歷的話，可能還要去坐牢。」中年男子別看人長得挺壯實，膽子卻比較小。

「怎麼就犯事了？」老者一聽這話，有些不大樂意了，說道：「你看。」他的手指向了古玩集市，「那裏賣的可都是和這個小碗差不多的東西，也沒見有人被抓啊。」

「那倒是。」中年男子嘀咕了一句，「不過，如果真是古董的話，我這口小碗，應該就是真品了。聽人說，如果是真的古董，那價值怎麼也不止三萬塊吧？」

「呃……」這話說得老者一時間倒不知道該說什麼了，難道要跟一個什麼都不懂的人說這是地下交易，價格要便宜一些？還是和他說，這小碗不能和其他貴重古董比？

賈似道看著老者和中年男子進行新一輪的討價還價，心裏暗笑。想不到這老者看上去挺精明的一個人，怎麼就被中年男子的外表給迷惑了呢？從頭到尾，這中年男子都透著不尋常啊。

想到這裏，賈似道不由得細心地再次探測了一遍，終於被賈似道看出了一些端倪。原來，這口小碗並不是完整的，暫且不管東西對不對，賈似道可以肯定的是，這口小碗絕對是修補過的。

一般的瓷器修補，只要手藝到位，能補得看似完整。但畢竟是修補過的，其中所遺留的縫隙，哪怕再怎麼微小，也還是存在著。但是，如果不借助高科技檢測手段，想要僅僅以放大鏡之類的工具來檢查的話，哪怕是在瓷器研究上有些年頭的專家們，恐怕也容易疏忽。

這口小碗和一般的瓷器修補不同。賈似道的感知，可以很清楚地感到，整個小碗的底足和上面的口沿完全是兩種質感。難怪在初步探測的時候，會出現那種不協調的怪異感了。

賈似道心裏略微比對了一下，猜測小碗的底足可能是真的，而上面的口沿部分，則應該是後來加上去的。修復的工藝非常高超，要不是依仗著特殊能力的感知，即便再來幾個賈似道，估計也看不出來。

賈似道的臉上流露出一絲欣慰的笑容。長久以來，他的特殊感知能力在瓷器的鑒定上並沒有取得什麼太大的進展，這讓賈似道心裏還是有些鬱悶的。但是，現在的情況，卻讓賈似道清醒地認識到，那些作假的瓷器，特別是半真半假的瓷器，在他的特殊感知能力下，是無所遁形的。即便不能很快地鑒定出其他類型的作舊手段，但好歹也算是一個不錯的進步。

再看老者和中年男子那邊，兩個人一番交涉下來，竟然不知不覺間就把價格提到了十萬塊。這讓賈似道很詫異，中年男子那有些怯怯的表現，是不是也太容易蒙人了？

「老大爺，您該不是真的準備這麼倉促就出十萬塊錢把它收下來吧？」賈似道想到老者要是高價買了個贋品，實在是虧得有些多，便有意無意地提醒了一句。說起來，即便是這麼一句，賈似道也違反了古玩交易的規矩。

生怕中年漢子有意見，賈似道還特意看了對方一眼，結果，中年男子不但沒有絲毫責怪，竟然還衝著賈似道微微一笑。賈似道覺得有些莫名其妙，自己剛才隱隱要揭穿他的話，怎麼還會招來對方讚賞的眼神？

莫非是自己錯怪眼前這位中年男子了？

不過，當看到老者的反應，賈似道頓時明白過來，在古玩一行，自己還是太嫩了。此時老者對看中的這口小碗很有信心，猛一聽到賈似道這麼說，竟然起了防備之心，似乎是擔心賈似道要和他搶奪，下意識地看了看賈似道手中的小碗，示意要先拿回去。

賈似道只能尷尬地笑了笑。

這個時候，他要是再說這口小碗不對的話，恐怕老者就更會認為賈似道想要和他搶這口小碗了吧？

「老人家，既然你這麼喜歡這件東西，我當然不會和您爭的。」賈似道說著，把手上的小碗重新放到了地上，立刻就被老者捧到了手裏。為此，賈似道也只能苦笑了：「如果您真準備出十萬塊的話，這麼大的交易，您是不是先找個熟人把把關呢？」

「老大爺，要是您有時間的話，我倒是可以陪您一塊兒去。」老者還沒開口，中年男子先說了一句：「不過，讓我先換件衣服。」

這話說得在理，讓人無從反駁。只是，小碗的處置，一時卻有些微妙起來。

要是老者一直拿著，中年男子自然不放心，要是中年男子先拿著，回去換好了衣服再出來，天知道他會不會中途調包呢？要知道，這裏可是神垕鎮啊！

老者最大的信心，恐怕還是來自於這口小碗是從地底下剛挖出來的吧？這樣親眼所見的事，對於老者來說，無疑就是撿漏的一個機遇了。這就是運氣啊。

老者二話不說，也不想聽從賈似道的建議再找人鑒定了。十萬塊錢對於一件鈞瓷小碗來說，實在是太便宜了，老者還生怕中年漢子在明白了小碗的價值之後再加價呢。老者立刻拉著中年男子的手就走向銀行，連換衣服的時間也沒給對方留下。

看著兩個人的背影，賈似道摸了摸自己的鼻子，這收藏一行，要是遇到了認死理的人，心中又有貪念，生怕別人搶了他撿漏的機會，最後吃虧的，還是買家自己。

接下來的幾天，賈似道還想在河南這邊再看看，畢竟他有時間，沒有工作的羈絆，一個人出行在外算是比較悠閒的了。不過，這時果凍打來電話，說最近幾天她的小姨就要從美國回來了，問賈似道有沒有時間去一趟上海。

賈似道自然是欣然答應，家裏那個破了的筆洗，他還期待讓果凍的小姨給看看呢，順便讓她修補一下。不然，一件碎了的瓷器擺在家裏，長久下去終究不是辦法。算了一下時間，已經是七月末了，賈似道淡淡一笑，自己從事古玩一行開始到現在，悄然間就已經過了近兩個月。

而他的家底，相對於其他初入行的玩家來說，實在是豐厚得多。不要說一般玩家了，就是資深收藏家，想要在兩個月不到的時間裏積累到賈似道現在的財富，恐怕也是不太可能的吧？

除非以充足的資金進行大量投資，而且還得挑選諸如翡翠這樣比較保守的項目進行，才有可能完成。

賈似道回到臨海的時候，看著這個熟悉的城市，整個人變得有些無所適從。倒不是說他不知道自己準備做些什麼，而是對於現在的生活狀態的迷茫。想要收藏的話，以後的日子勢必還會像這段時間一樣，充滿了驚喜、無奈和失落吧？好在更多的是驚喜。這讓賈似道感到，生活還是充滿了樂趣的。

回到別墅之後，他匆匆地把那些碎瓷片放到了自己的臥室裏，對於這其中究竟有多少是真的開門到代的東西，又或者有幾片是現代品，賈似道也不在意。改天找阿三過來，一起研究一下，也算是個消磨時間的方式。

而木造藏的根雕，則被賈似道分成了好幾份，把其中的一部分拍了照，傳到了論壇上，想要尋求幫助。如果有藏友能夠確定其年代的話，對於賈似道來說，也是個不錯的收穫。畢竟，想要弄明白根雕裏面的東西究竟是什麼意思，不確定年代，就很難把這個秘密給解開來。

而對於這個讓他一步一步成長起來的「天下收藏」論壇，賈似道也有了挺深的感情。他認識的小秋、老刀，偶爾也會在線上，遇到了也相互問一聲好，問問最近在收藏上有沒有什麼撿漏的趣事，感覺上就是一個網路世界裏的大家庭。賈似道還留心了一下宇飛殤的資訊，看到他竟然從河南分別之後，就再也沒有上過論壇，心裏有些嘀咕，這傢伙回去之後，該不是忙得都沒時間上網了吧？

不然，以劉宇飛的個性，不在論壇上耍耍寶，實在是不太可能的事情。

想到這裏，賈似道便給劉宇飛打了電話，電話響了好幾聲之後，對方才接了起來，問道：「賈兄，有什麼事啊？」說話的語氣比較倉促，顯然是正在忙活著什麼事呢。

「呵呵，我回到臨海了，就是想問問，你最近的情況怎麼樣了。」賈似道說，「看到你都沒在論壇上說話，還以為你掛了呢。」

「哦，我這邊還好啊，就是最近的交易比較多，正在籌集資金，準備下個月在翡翠公盤上大幹一場。」劉宇飛也是實話實說，「對了，你到時候別忘了時間啊，記得提前幾天過來，定下日子就先給我電話，我去幫你安排一下。」

「行，那你忙吧。」劉宇飛不提，賈似道還差點忘記了揭陽翡翠公盤的事了。那邊的翡翠毛料交易，最近的勢頭可是要比騰沖那邊還要火熱，想到這件事，賈似道心裏也激動不已。

不管自己家裏的這些翡翠原料還沒有全部出手，既然想要玩收藏了，誰會嫌自己的資金太多啊？賈似道還琢磨著，等哪天自己的翡翠原料可以大量出手時，就直接去國際拍賣場上大幹一番呢。

想像一下那一擲千金的場面，賈似道渾身都感到熱血沸騰，這才是年輕人幹的事嘛。

第九章

用碎瓷片練基本功

「你從河南就帶回來這些？」
待到賈似道把手裏拎著的袋打開的時候，
露出裏面的一堆碎瓷片，阿三沒有回過味兒來，
看著賈似道，頗有些哭笑不得的樣子，說道：
「該不是你收了一件完整瓷器，然後給摔碎了吧？
不過，這些碎瓷片看上去不是同一件瓷器的。」

隨意地在論壇上閒逛了一會兒，出去吃過晚飯，賈似道拿著手裏的碎瓷片研究著，想著要不要趁今晚有空就把阿三給喊過來一起看看。這時，別墅的門鈴卻響了起來。

這讓賈似道萬分驚訝，自己住在這邊，可是沒幾個人知道的啊，難道是別墅管理人員？

走到門前一看，眼前的景象還真讓賈似道嚇了一跳。

在自家的房門前，竟然站著一個穿著一件潔白浴袍的女人，這會兒，她正一邊用淡黃色的毛巾拭擦著自己的秀髮，一邊微笑著看著賈似道。賈似道打開門的一剎那，有些愣住了，還下意識地看了看天色，朦朧的月光，顯得格外清冷，即便是夏天的時節，這個環境，這個時間，這個……

總而言之，穿成這樣的女人站在門前，讓賈似道一下變得有些手足無措起來。

直到女人先說了一句：「您好，可以讓我先進去嗎？」說話間，女人還看了一下四周，示意現在的環境對於她這樣的女人來說，還是不太安全的。這麼站著，可著實不雅。她那柔柔的聲音，分外好聽。

賈似道的腦子還沒轉過彎來呢，就傻乎乎地點了點頭。

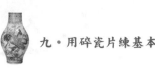

看著女人緩緩地走進自家大門，濕漉漉的粉紅色拖鞋，在透出可愛的同時，也在門口印上了兩行清晰的鞋印。

也許是注意到了賈似道的目光，女人微微一笑，麻利地從鞋櫃裏取出了一雙拖鞋，換上了。賈似道事先哪裏能準備女人的拖鞋啊，全部都是大號的。穿在對方小巧的腳丫上，竟然有種別樣的魅力。

再看這個女人，即便穿著拖鞋，也可以到達賈似道的眼睛位置。對於女人來說，這樣的身高算是高挑了。一頭烏黑的秀髮還未乾透，隨意地披散著，身上的浴袍雖然厚實，但是領口有些低，幾乎可以看到其中包裹著的粉嫩，尤其是女人的身材很火辣，即便是隱藏在浴袍之下，也難掩飾她的傲人曲線。一雙筆直修長的玉腿，在行走間隱約流露出白皙。

她的五官樣貌，因為毛巾正在擦著秀髮，賈似道看得不是很清楚。但是，這種霧裏看花的情調，卻足以讓賈似道怦然心動。

女人換好拖鞋，抬頭看了一眼賈似道的神態，嘴角流露出一絲迷人的微笑，說道：「我叫周莎，是三十二幢的。」一邊說著，一邊還指了指賈似道這幢別墅的後面。賈似道的別墅是三十一幢。

「我剛才正洗澡呢，結果家裏突然斷電了。我打了電話，通知管理員來看一下。只是他們說要晚點才能到。家裏烏漆麻黑的，我一個人待著實在是有點害怕，看到這邊有燈光，就過來了。」周莎說，「沒有打擾你吧？」

「沒有，當然沒有。」賈似道應了一句，「您先坐一會兒吧。」

周莎點了點頭，說道：「那謝謝您了。」她便緩緩走向客廳裏的沙發。這會兒，賈似道站在周莎的身後，看著她的胸前勝景，更能感受到她的完美身材，行走間，腰肢婀娜搖曳，豐臀微微扭動。

賈似道感覺到自己有些口乾舌燥，心跳加速了。單身男人實在是經不起誘惑啊。

賈似道在心裏暗自鄙視了一下自己。不過，三十二幢那邊究竟住的是什麼人，賈似道卻不是很清楚。他搬進來，就去了一趟河南，鄰居是誰，自然沒怎麼注意了。

哪怕賈似道住上一陣子，恐怕也很難知道邊上的別墅究竟有什麼樣的住戶吧？最多可以猜測，肯定是有錢人，不然住不起別墅啊。但是，如果主人是周莎的話，賈似道倒也不覺得奇怪。

他一邊看著周莎，一邊也只能在心裏羨慕周莎的男人，是何等有福氣了。

這麼一瞬間，賈似道的腦海裏竟然閃現過好幾個女人的面容和身姿，和周莎

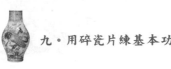

比了一下，不分上下。隨即他就反應過來自己胡思亂想了，下意識地拍了拍自己的腦門。

周莎問了一句：「您瞧我這鄰居當的，還不知道您怎麼稱呼呢？」

「我姓賈，賈似道。」簡短地答了一句之後，賈似道卻不知道再說些什麼了。他打開了客廳裏的電視，賈似道有一眼沒一眼地看著，似乎還沒有從陌生女子進入家門，尤其是穿得如此清涼誘惑的女子進入家門和自己相對而坐的震撼中回過神來。

「咯咯咯……」周莎竟然抿嘴笑了起來，那清脆的笑聲又讓賈似道一陣心神搖曳，不由抬頭看了對方一眼。

「對不起，我不是故意的。我只是覺得這名字有點熟悉而已。」看到賈似道的目光，周莎解釋了一句：「很少有人叫這個名字吧。」

「呵呵，沒事，我已經習慣了。」賈似道淡淡一笑道，「不要說是初次見面了，就是讀書那會兒，我也是經常被同學取笑。」也許是想起了以前的事情，賈似道自己也忍不住笑了起來。

誰讓賈似道的名字和歷史上某位表現不太好的名人重名了呢？

為此，賈似道曾查閱過南宋那位位極人臣的貪官，還和自己的父親說過呢，特別是那一位竟然也是台州人，這讓賈似道心裏很詫異，差點就以為是自己的祖輩了。好在父親說了，他的名字是胡亂取的，而且名字定下來的時候，也沒那麼講究，這個名字也算是沾著一點文化的邊了。這麼個名字，倒是讓他無論出現在哪裏，都很容易就被人記住了。這就是所謂的名人效應吧？

「看來，賈先生您倒是個想得開的人。」周莎微微一笑，她顯然是知道歷史上的那位賈似道的一些事蹟，她又說道：「對了，賈先生，您這套房子的裝修挺不錯的啊，和我那邊比起來，更加時尚一些。」

「呵呵，各人的審美觀不同罷了，我倒是覺得像周小姐這樣的人，房子的裝修一定不會比我的差。」賈似道應道，「我這都是建商弄好的，要是我自己來弄的話，恐怕也沒那個能力。」

「哪裏啊？我就特別喜歡您這裏的裝修呢，看著大方、簡潔。」周莎微笑著贊許道。她的眼神還顯得特別真誠，賈似道看著周莎的表情，一時有些愣，因為對方剛沐浴過，臉上還帶著一抹紅暈，這會兒專注起來，的確非常吸引人。

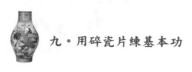

尤其是她停下了擦頭的動作，那精緻的五官和優雅的姿勢，都對賈似道有著強烈的誘惑力。

不過，回過神來之後，再仔細一琢磨周莎的話，賈似道心裏卻有些疑惑起來。

別墅區中所有別墅的裝修，都是售前就已經完成了的。周莎那邊的三十二幢別墅，明顯早就住了人了，至少要比賈似道搬進來得要早。這些，可是在賈似道購買別墅之前，就已經知道了的。而且，整片別墅區的所有裝修應該是同期完成的。

要是周莎喜歡自己這一幢的話，在先於賈似道購買的情況下，完全可以選擇這一幢。雖然裝修的風格不同，但是在價格上，同一排的房，差距不會很大。既然都能住得起別墅了，也不會在乎這麼一點錢了。

當然，也許是周莎的丈夫或男友並不喜歡這幢別墅的裝修風格。賈似道自己找了一個理由，忽略了這個疑惑。

過了片刻，兩個人似乎都把注意力集中到了電視上。周莎看得很專注，而賈似道的眼神卻還是偶爾看一眼周莎。

美女出浴，實在是不多見，尤其是這麼一個女子，在面前一坐，賈似道想要當她不存在都不可能。而且，她的身上似乎還擦著香水，淡淡的幽香在她坐了一會兒後，逐漸散開來，賈似道清晰地聞到了。

賈似道眼睛看著電視，腦海裏卻開始幻想，心裏非常愉悅，賈似道覺得自己

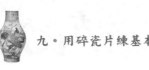

越來越沒出息了……

「賈先生，這麼大的別墅，就您自己一個人住嗎？」周莎問了一句，隨後，看到賈似道好奇的目光，周莎有些臉紅，說道：「我是覺得，這大晚上的，我坐在這裏，如果被您的妻子看到了，可能會有些誤會。」

賈似道很無語地看了周莎一眼，心裏琢磨著：你到了這會兒才知道啊！天知道是她的思維遲鈍，還是賈似道在見到她之後，自己發傻了。

不過，見到對方那微微有些示弱的神情時，賈似道再次被她的容顏吸引，真是人見人愛，心生憐惜啊。當然，他嘴裏客氣地說了一句：「沒事，別說是妻子了，就是女朋友，我至今還沒有呢。」

「真的？」周莎眼睛一亮，期待地問了一句。那聲音裏，似乎還隱隱有些激動，這讓賈似道有些莫名其妙。

「當然是真的了。」賈似道說，「如果周小姐您不怕別的人看到的話，我倒是無所謂。」

「我？我當然不怕了。」周莎微微挺了挺胸部，似乎是要破衣而出，然後，她高興地抬起頭，眼睛盯著賈似道，用非常嬌媚的聲音說：「因為，我也是一個人住的。如果賈先生您不介意的話，即便我搬過來和您一起住，我也沒有什麼好顧慮的。」

「呃！」這話說得賈似道的思維差點錯亂，現在的女人都如此開放了？

周莎話裏的意思，賈似道自然明白。賈似道猶豫地問了一句：「這樣的進展是不是太快了？」

賈似道倒是不反對自己有一次豔遇，或者來次一夜情，尤其對象還是眼前這位有著如此出眾條件的女人，不要說是賈似道了，恐怕換成任何一個男人，都會忍不住答應下來吧？

「怎麼會太快呢？」也許是見到賈似道有些動心了，周莎微微撫了一下自己的秀髮，還特意整理了一下自己的浴袍，下擺有些微微敞開，賈似道可以清晰地看到那白皙的小腿和再往上的大腿，肌膚都是那麼光滑細膩，讓人情不自禁地想要一探究竟。

「如果賈先生喜歡的話，今晚我就可以留下來。」周莎用火辣辣的眼神對賈似道示意了一下，似乎只要賈似道一點頭，她就可以坐到賈似道的懷裏。

「就今天一個晚上嗎？」對於這飛來的豔遇，賈似道勉強保持著自己的理智。他把從遇到周莎開始，所有的細節仔細地回憶了一遍，從頭到尾，都是眼前這位女子在主動。要不是周莎有什麼特殊目的，恐怕還真就是貴少婦想要尋求一下一夜情的刺激了。

「您說呢？」周莎嘴角流露出一絲淡淡的笑意，她顯然對於自己的魅力非常有自信，說道：「我可是準備搬過來和您同居的。」

「這不行。」賈似道立刻回了一句。

「不行？」周莎一愣，賈似道眼神恢復了清醒，而且，再看向她的時候，明顯沒有了那種癡迷。

「是啊。」賈似道點了點頭，然後淡淡地說：「如果只是今晚的話，你倒是可以在這裏住下。要是想長久住下來，恐怕……」

「恐怕怎麼樣？」周莎有些著急地問了一句。

「恐怕不行啊。」賈似道攤了攤雙手，說道：「我自己住在這邊也沒多少時間了。」看到周莎的神色，賈似道解釋道：「這別墅不是我的，是我一個親戚的。我只是暫住而已。」

這個藉口，是賈似道編出來的，而且，過幾天把阿三叫過來的時候，恐怕暫時也只能用這樣的藉口了，反正阿三對於賈似道的家人親戚並不是很瞭解。但是，阿三對於賈似道最近一段時間手頭的資金卻有個大概的印象，除非賈似道把瑪瑙樹給賣了，不然是住不起這樣的別墅的。

至於那塊玻璃種帝王綠的巨型翡翠原石，賈似道自然是要瞞著所有人的。為了藏拙，賈似道一早就想到了這個對策，現在對周莎說出來，無非是想要試探對方的目的罷了。

賈似道不傻，這天上掉下豔遇的事情，不是沒有，但如果說能輪到他賈似道，他還真不是很有自信。周莎的表現，一度讓賈似道相信她就是三十二幢別墅裏的女主人了。如果真是這樣的身分的話，那麼她尋求一夜情，賈似道還能理解。

像周莎這樣相貌的女人，能住得起幾千萬的別墅，不是家裏富貴，就是被人包養。誰說貴婦就不會出軌？如果是被包養的，那自然更容易出軌了。如果男主人不是經常在別墅裏，這樣的事情在所難免。

不過，就在賈似道說了他只是暫時住在這裏之後，周莎整個人就像是泄了氣一樣，軟軟地靠在了沙發上。她臉上的神情，也不再像先前那樣洋溢著光彩，胸部也不再故意挺起來，她看著賈似道的眼神一陣猶豫，似乎是在艱難地下著決定。

賈似道笑笑，也不說話，看著周莎的眼神倒是肆無忌憚起來。

此時的周莎，雖然臉上的神情有些怏怏的，但是，那微微帶著一絲柔弱的氣質，更能引起男人的關懷和注意。

「看什麼看。」周莎注意到賈似道的目光之後，有些惱羞成怒，順手就從邊上拿過來一個抱枕，抱在自己的胸前，遮掩住那雙峰的風光。而且，她還下意識地把浴袍下擺整理了一下，把一雙玉腿，尤其是大腿部分，遮得嚴嚴實實的。

這樣的舉動，倒讓賈似道有些詫異起來，不就是說了這幢別墅不是自己的嘛，前後反差如此之大？

「周小姐，你現在似乎還坐在我的屋裏吧。」賈似道苦笑著說道，「既然都是在我自己屋裏了，我想看哪裏，自然沒有什麼約束了，倒是你……」

「你不是說這是你親戚的房子嘛，難道你剛才是在騙我？」周莎露出了一點笑容，對賈似道微微一笑，似乎很期待賈似道的答案。

「雖然我很想說，這別墅就是我自己的，但是，在遇到美女的時候，我是不說謊的。」賈似道裝著無奈地說，「這別墅的確是我遠房親戚的。我到了臨海，一時沒有地方住，我親戚就讓我住到這裏來，順便看房。」

「既然不是你的，你的眼睛就給我規矩一點。」周莎說道，還揮舞了一下她的粉拳，似乎是在表示她有一定的抵抗力，而且她的眼神也充滿了戒備。

賈似道不由得無語。

「那你剛才說的，在這裏住一晚……」賈似道的話還沒說完，周莎就把懷裏的抱枕扔了過來，凶巴巴地說道：「你想得美，你一個窮小子，把我當成什麼人了？」

賈似道伸手擋了一下，抬眼一看，此時的周莎有些盛氣凌人，也許是她最初的目的沒有達到，這會兒顯得有些生氣，又有些失望，那看著賈似道的眼神也沒有了先前那樣的誘惑。

不過，就在賈似道把視線從她臉上往下瞟去時，一時間又有些不能自已。周莎扔抱枕的動作，也許是用力過猛了，浴袍襟口處有些歪斜，敞開得有些大，賈似道可以很清晰地看到那大半邊的豐滿，赤裸裸地暴露著，甚至還能隱約看見一點嫣紅。

「啊，你這個色狼！」周莎尖叫一聲，匆匆用一隻手掩住自己的胸前，手忙腳亂地整理起浴袍來。

賈似道還想問一句，周莎恨恨地歎了一口氣，對賈似道微微一躬身，說道：「真是對不起了，這麼晚了，還打擾你。我先走了。」說完也不顧賈似道的反應，匆匆地就走到了門口，似乎只有在那個位置，她才有安全感。

「這就走了啊。」賈似道摸了摸自己的鼻子，把剛才周莎扔過來的抱枕擺好。再抬頭時，卻已經不見了周莎的身影。他苦笑著往門口一看，那雙粉紅色的拖鞋竟然還在，要不是看到它，賈似道還真覺得，剛才的一切就是做夢。

周莎臨走的時候，連拖鞋都顧不上換，就奪門而出了。賈似道想著，自己最後看向她的眼神，是不是表現得有些太色了呢？

從周莎的反應來看，賈似道覺得這樣的女人，應該不太像是被包養的，周莎身上的氣質，雖然很媚，卻不俗氣。尤其是對於自我的保護措施，雖然舉動有些毛躁，但似乎還是比較在意自己的身體的。

沒想到自己還能遇到這樣的豔事。

賈似道哈哈一笑，倒也沒什麼好後悔的。雖然在剛才，只要賈似道承認自己是這幢別墅的主人，周莎很有可能就會留下來，但是，一個身分都不清楚的女子住進了自己的別墅，尤其是地下室裏還有著貴重的翡翠、瓷器，賈似道可不會放心。

賈似道用力嗅了幾下，不禁皺了皺眉頭，又有些笑不出來了。室內的空氣中，此時依然瀰漫著周莎的淡淡香水味。這漫漫長夜，被周莎這麼一搞，賈似道還真覺得自己有點心緒難平。難道現在去找康建？康大少那邊的娛樂城裏，一定不會缺少女人！

賈似道聳了聳肩，最終還是選擇走向浴室，洗了個冷水澡。只是，在豪華浴室裏，賈似道的腦海裏究竟有沒有完全甩掉周莎那誘人的身姿，就不得而知了。

回到臥室之後，賈似道心裏一動，看了看三十二幢別墅那邊，現在一點兒動靜也沒有。賈似道微微搖了搖頭，也不在意，手裏把玩著碎瓷片，上網進入了論壇。他找到自己先前所發的帖子一看，回覆的人還是比較多的，多是感歎原本精美的根雕，卻被人為破壞了，實在是可惜，甚至還有人在帖子裏咒罵破壞根雕的人暴殄天物。看得賈似道一臉尷尬。

說起來，不管是根雕這樣的木質品，還是瓷器易碎品，甚或是兵器一類的，但凡是能保存到如今的，都不太容易。尤其是一件完整的東西，能夠保存到現在，其經歷的艱難，只要隨便想想，就能夠得出結論。如果是因為疏忽或者故意把東西給毀了，的確非常可惜。

這麼一想，再看那個罵人的回覆，賈似道的心裏也就平緩了很多。

當然，為了保密，不讓人知道這件根雕是個木造藏，只要能解開紙上繪製的地圖的秘密，賈似道覺得即便現在被人罵上幾句，也無所謂。倒是有個賈似道的熟人，北方的「他山之石」，在帖子後面說了一句，這東西應該是民國的，而且可能出自西藏或雲南、貴州。

這著實讓賈似道眼前一亮！他馬上就想找「他山之石」聊一聊，有著一起去雲南賭石的交情，沒想到對方竟然還懂得根雕。不過，看了一下現在的時間，已經是晚上十點多了，他才有些不情願地放下手機。

待到第二天起床，已經將近中午了。賈似道摸出手機，打通了「他山之石」在論壇上註冊的電話，沒說幾句，就可以感覺到對方是個挺健談的人，他年近四十，姓王名彪，賈似道順口就喊他王大哥，他大笑幾聲，應了下來。王彪是做翡翠生意的，兩個人說到了上次去騰沖的賭石之旅，聽到賈似道自報家門的時候，王彪就記起了賈似道當時在古玩街上賭漲的事情。

至於眼下這件根雕，王彪是根據其造型來判斷的，說話間，還提到了「大阿修羅王」，這讓賈似道心裏確信了不少。當然，王彪也說了，對於根雕他也就是喜好而已，說出來的話，做不得數的。他提醒賈似道，沒有必要為了這麼一件不值錢的東西花太多心思。

賈似道只能苦笑，不知道該說什麼好了，難道直接告訴對方，這根雕是他故意劈開來的？

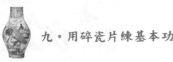

「對了，小賈，過幾天揭陽那邊有個公盤，你要過去嗎？」王彪問了一句，「如果有興趣，咱們到時候再聚一聚。」

「去啊。劉宇飛前兩天還特意跟我說過呢。」賈似道說，「到時候，我們就狠狠地宰一下他這個東道主吧。」

「好啊。」一想到劉宇飛，王彪的聲音帶上了笑意，說道：「上次從那小子手裏提過來幾塊明料，也讓我小賺了一筆。本來還準備請他一頓的呢。既然你說了東道主請客，那我也就先再吃他一頓再說了，哈哈……」

「就該這樣，對於劉宇飛這樣的大戶，咱可千萬不能手軟了。到時候看看還有沒有其他朋友，一起聚一聚，圖個熱鬧。」賈似道應了一聲，又問道：「對了，王大哥，您是做翡翠成品生意的？」

賈似道想著，是不是可以把自己的翡翠毛料轉讓一部分給王彪呢？與其找不熟悉的人來做交易，還不如找這樣現成的。雖然商人都是逐利的，但是彼此之間有了交情的話，倒也不會讓賈似道太過吃虧。

聽到劉宇飛想要在公盤上大幹一番的時候，賈似道何嘗又沒有這樣的心思呢？不過，現在賈似道手頭的錢，雖然比起去雲南那會兒的確寬裕了不少，在購買了別墅之後，賈似道拿出一兩千萬也還是很方便的。如果是去翡翠毛料市場一類的地方賭石，這些資金自然算是比較充裕的了。但要是到了翡翠公盤上，幾千萬的資金也算不了什麼。

緬甸那邊，人家的交易額可都是上億的。雖然現在還是在國內的翡翠公盤，但賈似道琢磨著，怎麼著也不能太寒酸了。

一想到籌集資金，賈似道自然而然地就想到要把手裏值錢的東西再出手一些。且不說瑪瑙樹和那幾件瓷器如果賈似道想要賣的話，都能換回不少資金，就是那巨型原石裏的翡翠原料，除去玻璃種的帝王綠之外，可還有四條豔綠的色帶呢。其中一條切割出來之後，拿到杭州就換回來三千多萬。賈似道自然是打著它的主意了。

「是啊，老哥我不但自己有個翡翠成品的加工廠，還有毛料生意在經營著呢。不過，我們這邊的毛料生意規模不是很大，大多數時候，還是以成品銷售為主。要不然，我也不會向小劉收一些明料過來了。」

電話那頭的王彪應了一聲，隨即就領會了賈似道話裏的意思，笑著問道：「小賈，你手頭是不是有好料想出手啊？」

「那個……」被人這麼快就看破心思，賈似道有些猶豫。

這麼一來，王彪有些誤解了，心想賈似道是不是想要加價，這也是商人的心理在作祟。畢竟，從雲南之行來看，賈似道和劉宇飛的關係，顯然要比賈似道和他更加親近一些。要是沒有特別的好處的話，想必賈似道會更加願意把手裏的貨出給劉宇飛吧？

王彪不禁有些著急地問了一句：「小賈，既然你都喊我王大哥了，那我也就托大一回。這麼和你說吧，最近我這邊的翡翠明料的確有些緊。你也知道，翡翠明料的價格，一天天看漲，一般的中低檔翡翠，大不了多花點錢，以我的關係，還是可以弄到很多的。但是，高檔的翡翠料卻是可遇不可求。如果小賈你手裏有的話，能不能先考慮一下老哥這邊呢？」

「王大哥，我也實話和你說吧，我手裏的確是有一些翡翠明料想要出手。而且東西也絕對上檔次，只是這價格上……」聽到王彪的回答之後，賈似道已經有些明白王彪的處境了。其實，不要說王彪，就是整個翡翠行業都是如此。

真正能被收藏家看上並且樂意花大價錢的，都是頂級的翡翠成品。即便翡翠的價格炒得有些虛高，那些中低檔的產品卻沒有什麼收藏價值。不要說增值了，就是其稀缺性，也是無法和頂級翡翠相比的。

每年市場上流通的頂級翡翠很少。中低檔的產品面向市場大眾，價格不高，賺取的利潤也還可以，只要銷售量足夠大的話，翡翠商人賺錢是不成問題的。但是，想要打開上層市場，卻不太可能。

就像李詩韻的「詩韻珠寶」，也不過就是在杭州本地稍微有些名聲，和諸如「七彩雲南」這樣的翡翠行業的大鱷比起來，實在是不值一提。

「價格上，大家都是識貨的人，只要東西品質高，我一定按照市場價給你，怎麼樣？」王彪試探著問道，「總不能讓你老哥我虧本吧？」

「行，既然王大哥都這麼說了，那我也沒什麼好隱瞞的。」賈似道微微一笑，王彪的話似乎更在意賈似道的翡翠品質。所謂的虧本，也不過就是少賺一些而已。一個老道的翡翠商人，尤其是出售成品翡翠的，會虧本嗎？

相同的一塊翡翠料，根據製作成品的不同，其價格也會有很大的差別。當然，除去翡翠的質地、水頭、顏色之外，翡翠明料的形狀大小，也決定了其價值。

像王彪這樣的翡翠商人，一般來說，對於一塊翡翠明料價格的判斷，也會像賈似道這樣，按照能不能切出完整的手鐲來定價。

畢竟，把整塊原料製作成大型的翡翠雕件，精美是精美了，價值也高昂了，但是資金卻不能很快回籠。價值上億或幾億的東西，沒幾個人會收藏。翡翠手鐲卻可以隨身戴著，時刻展示出來，也就更容易出手。

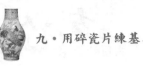

所以，難怪賈似道每次都是以手鐲製作來定翡翠原料的最低價。說白了，翡翠商人都是這麼定的。王彪、劉宇飛這樣的老手，可以更加精確地估算。比如，在切割出完整手鐲之後，其他部分還能製作成什麼樣的雕件。翡翠珠鏈、掛件、大戒面什麼的，要物盡其用才能最大限度地實現翡翠原料的價值。賈似道不是設計師，只能粗略地估計一下。

當賈似道在電話中，簡單地說了玻璃種、豔綠的情況時，王彪立即表現出了誠意，對賈似道說：「小賈，那塊翡翠料，你可要給老哥我留著啊。我這邊正缺少這樣的原料。這樣吧，你在浙江吧？」

「是啊。」賈似道應了一聲。

王彪笑著說：「過幾天的翡翠公盤不是在揭陽嗎，不如我就提前幾天先去一趟浙江，你看方不方便？」

要直接過來？賈似道雖然預料到了和王彪之間的交易應該問題不大，正想說儘量在翡翠公盤之前敲定呢，倒沒有想到對方比他還要著急。賈似道馬上表示完全不成問題，兩個人還約定了，到時候完成交易之後，大家一起去揭陽。

賈似道也從王彪的話裏聽出來，王彪之所以去雲南賭石，其實也是想要賭幾塊好料。大多數的翡翠商人，不管是做成品銷售還是做毛料生意的，大多數都著迷於賭石這樣的遊戲。只是做毛料生意的，比如翡翠毛料市場的那些老闆們，更多的是忍住了自己出手，把毛料拿出來賣給別人賭而已。雖然有一部分經營翡翠毛料的老闆自己不太懂賭石，但那是很少的。

只是大家同樣也都明白，只要一塊毛料還沒有切出來，那麼其外在表現就是它的價值。要是自己切開來了，即便是做毛料生意的老闆，也承受不起賭石這樣的高風險，寧願賺一些穩當錢。

掛上電話之後，賈似道的腦子還在轉著，考慮關於賭石的事情。接下來，賈似道趁著這兩天有空，把巨型翡翠原石的那小段部分剩餘的三條陽綠色帶給切了出來。不過，賈似道只準備出手其中的一條給王彪。

甚至為了小心起見，賈似道還要把其中的兩條色帶給切斷再出手。要不然，王彪和賈似道也算是熟人了，以後肯定還會有機會遇見，甚至在一起賭石。要是被他從翡翠原料中猜測出什麼來，賈似道總覺得不是很安全。

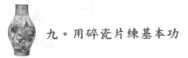

而且，別墅的地下室，雖然位置已經十分隱秘，在修建的時候，開發商顯然也注意到了防盜措施，已經加固過了。要是有人想要從地下挖通道進去的話，只要不是埋炸藥，別墅的地下室絲毫沒有危險。

但要是潛入到別墅之中，從正門進去的話，那門口的防盜措施卻只是一般而已。在賈似道看來，又怎麼比得上保險箱呢？

賈似道覺得自己又要忙碌起來了。

中午，賈似道把購買的碎瓷片帶到了阿三那裏，讓阿三幫忙掌掌眼，這裏面究竟有多少是對的。一來，賈似道想要看看，自己光是憑藉著特殊能力，挑選出來的瓷器碎片究竟有多大把握；二來，也是最重要的，即便現在特殊能力的感知還不是很準確，但是，要是阿三能肯定瓷器碎片都是些什麼年代的話，那麼賈似道相信，只要自己日積月累地去把玩這些碎瓷片，用特殊感知能力熟悉各個不同時代、不同窯口的瓷器的感覺，以後遇到完整瓷器的時候，心裏也就多了一分把握。

阿三一聽說賈似道要找他，大概就猜出賈似道肯定收到了什麼好東西，想要讓他把把關。賈似道的河南之行，是在賈似道回來之後，阿三才知道的。為此，阿三還對賈似道好一陣埋怨。尤其聽賈似道說是去劉澤坤的姐夫家之後，阿三更表現得有些蠢蠢欲動。

阿三收下的那件抱月瓶已經出手，讓他小賺了一筆。在電話裏阿三並沒有說價格，見到賈似道之後，阿三豎起了三根手指，其中一根微微有些彎曲。賈似道立即會意過來，四萬的收購價，賺了兩萬多，已經非常難得了，難怪阿三一直笑呵呵的呢。

「你從河南就帶回來這些？」

待到賈似道把手裏拎著的袋打開的時候，露出裏面的一堆碎瓷片，阿三完全沒有回過味兒來，看著賈似道，頗有些哭笑不得的樣子，說道：「該不是你收了一件完整瓷器，然後給摔碎了吧？不過，也不對啊，這些碎瓷片看上去顯然不是同一件瓷器的。」

阿三伸手在袋子裏撿了幾片看了看，其中有青瓷的，也有青花的，還有粉彩的，阿三更加糊塗了。

「本來還想弄幾件完整瓷器過來的。不過，遇到了幾件當地人合夥作假的事，我就不敢出手了。」賈似道說著，把親眼目睹的那兩件銅鏡以及農民挖出作假的鈞瓷小碗的事說了一下，阿三也無奈地歎了一口氣。沒辦法，這就是古玩一行的現狀啊！

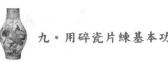

「那你也不至於就弄了這麼幾片碎瓷片回來吧？」阿三感歎了一句，又神色一動，問道：「你去了劉澤坤的姐夫家了嗎？」

「去了啊，還見著他姐姐和外甥了呢。」賈似道自然知道阿三想要問什麼，有些好笑地說了一句：「而且啊，還看到了幾件很不錯的瓷器，有一對梅瓶，一件和你收上手的那件類似的抱月瓶以及一件我看上眼的，結果人家愣是不賣，我也沒有辦法。」

「不賣，那就繼續保持聯繫唄。只要不時念叨一下，總歸是有希望的。說不定哪天這買賣就做成了呢。收藏這一行，沒有多少東西是見了面就能談成的。」

阿三鼓勵了賈似道一句，說道：「對了，能被你小子給看上眼的，肯定是挺不錯的東西吧？你現在的眼光啊，可是比我當初那會兒要高得多啊。和我說說，那是一件什麼瓷器……」

賈似道向阿三介紹了一下那件他看中的抱月瓶，另外也把劉澤坤最近還在勸說他姐姐的事說了。阿三拍了拍賈似道的肩膀說：「成啊，這樣的安排最好不過了。要是小賈你這麼一直混下去，肯定比我有出息多了。」

「那也不見得啊。收藏瓷器，靠的還是眼力和運氣。」賈似道謙虛地說，「我這個人，只不過是運氣還不錯吧……」

「得了吧，你那叫不錯啊，已經算是洪福齊天了。」阿三沒好氣地白了賈似道一眼。賈似道短短兩個月的時間裏，就有了現在這樣的收穫，早就讓別人眼紅了。這還是賈似道藏著掖著，把最有價值的巨型翡翠原石開出玻璃種帝王綠翡翠給隱瞞下來的結果呢。

要不是阿三是看著賈似道一步一個腳印成長起來的，也知道賈似道就是剛入行而已，肯定會以為賈似道有什麼特別的方法手段呢。

只是賈似道手裏的幾件東西，所有的出處，阿三都能說得上來。這麼一來，阿三也只能感歎賈似道的運氣了。

注意到了阿三神情的變化，賈似道暗自慶幸，自己今天還好沒有領著阿三去別墅。不然的話，恐怕對於阿三的打擊還要更大一些吧？這種賈似道獨自一人撿漏，身邊的人沒有什麼太大獲益的事情，還真是惹人羡慕。

和劉宇飛在一起的時候，賈似道還沒感覺到什麼，那是因為劉宇飛的家底比賈似道要厚得多。

劉宇飛雖然有些羡慕賈似道的運氣，但也不至於內心受到打擊，但是阿三卻不同。

阿三是看著賈似道一點一點發跡起來的。雖然阿三的上邊還有個衛老爺子，在臨海本地來說，也算是個大收藏家了，阿三也受到了薰陶。但賈似道那種接二連三撿漏所帶來的衝擊，讓阿三心裏憋著一口氣，也是在所難免的。

兩個人的注意力再次回到了一堆碎瓷片上。

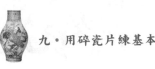

「說起來，這些碎瓷片，對於剛入行的人來說，的確是很好的東西呢。」阿三逐一檢查過之後，也只能確認其中的少數幾片應該是真東西：「這樣吧，如果你想要自己玩玩、找找感覺呢，那就慢慢來，只要多上手，隨著經驗的不斷積累，自然會慢慢發現這些瓷片的真實價值了。要是想要儘快知道的話，我只能告訴你這麼多……」

說著，阿三就把四五十片的碎瓷片分成了三堆。

其中最大的一堆，占了絕大部分，小一些的兩堆中，一邊只有五塊，另一邊有七塊。

然後，阿三看向賈似道的眼神頗有些耐人尋味，似乎是想考考賈似道。賈似道微微一笑，會意過來之後，從五塊這一小堆上拿起了兩片，仔細地感覺了一下。這其中就有賈似道先前判定的明代青花瓷碎片。

「這裏的五片，應該都是開門的吧？」賈似道淡淡地說。

賈似道又撿起另外一堆那七塊裏的幾片，仔細地觀察了一下，感覺不是很溫潤，用手撫摸了一下，和先前那些開門的東西的確有著些許差別。只是這樣的差別，還不足以讓賈似道心裏下定結論，只能猶豫地問了一句：「這裏的，該不會都是現代品吧？」

「完全正確。」阿三先贊了賈似道一句，接著說道：「賈兄你的眼力也讓人刮目相看啊。不斷撿漏，本身也說明你真有那麼兩下子。」

「在這一點上，我可沒什麼好自誇的。」賈似道推辭著說，「如果不是你已經把這些瓷片分出來了，真要讓我自己找的話，我可能就找不出來了。」

賈似道說的也是實話。阿三聞言點了點頭，說道：「玩瓷器的，還是需要經驗啊。即便是我，能肯定下來的，也只有這麼幾片了。其他的，要是你想知道，恐怕還得去問老爺子。」

「那還是算了。」賈似道應道，雖然他心裏很想確定這些碎瓷片的具體年代和窯口，但是，為了這幾片碎瓷片就去麻煩衛二爺，賈似道覺得有些小題大做了。雖然有阿三這個中間人牽線，衛二爺能幫忙看一下，也是出於阿三的面子。這樣的關係，還不如以後遇到什麼看不懂的瓷器，再去請教呢。

「隨你。」阿三自然也明白賈似道的顧忌，應了一聲。

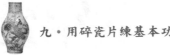

他讓賈似道把這些碎瓷片收起來，問道：「賈兄，難道你的河南之行，就沒有別的收穫了？」

「還真是沒有了。」賈似道聳了聳肩，說道：「家裏還擺著一個怪異造型的根雕呢，還是殘次品，被人為損壞過。我就是看著造型比較新鮮才收下的。對了，我查了一下資料，竟然是大阿修羅王的模樣。阿三，你認識的人裏，有對根雕比較熟的嗎？」

「根雕？」阿三皺著眉頭想了一下，說道：「如果是現代工藝品的話，倒是有人在做。但要是老東西，估計懂的人不多。你該不會是對根雕產生了興趣吧？賈兄，在這一點上我可要和你說說。興趣廣泛挺好，但是，收藏這一行，一定要把握好一個度。不然，什麼都摻和一下的話，雖然樂趣是有了，到最後卻不一定有所建樹，你還是要想清楚了啊。」

「那是當然的。」賈似道點了點頭，對於阿三的勸說也深以為然：「我就是看著有點興趣，收回來看看而已，對於根雕沒有涉入太多。」

畢竟，這不過是一時的興趣而已。要不是這件根雕是個木造藏，恐怕賈似道也不會如此上心。

現在光是瓷器和翡翠，就足以讓賈似道意識到自己知識的欠缺。翡翠方面還稍好一些，瓷器的收藏，尤其是河南之行碰壁之後，賈似道也算是知道了，即便他擁有特殊能力，在收藏一行，也不是就能無往不利的。

這磕磕絆絆的，才是收藏的真正樂趣所在吧。

到了傍晚的時候，賈似道準備回家，卻被阿三拉出去吃了一頓。就兩個人，也沒點什麼好菜，用阿三的話來說，雖然很想好好地吃賈似道一頓，但是時機不是很好，好幾個同盟軍最近都不在臨海。

賈似道說起揭陽翡翠公盤的事情，還問了一句：「阿三，如果你想去玩一玩賭石的話，倒是可以趁此機會去一趟。」

「我？」阿三用手指了指自己，說道：「我沒那個資本啊，最多就是去揭陽那邊看看翡翠毛料市場，小賭一把。我還是不去湊這個熱鬧了。」

賈似道聞言，只能笑笑，迅速地轉移了話題。

兩個人之後總算是脫離了收藏的話題，說到阿三最近新交的那個女朋友，賈似道開玩笑道：「阿三，你可不厚道啊。都談成了，也不帶來給我見見。」

說到這裏，賈似道也想起，兩個人最開始的時候，不就是因為都是單身，阿三想要拉著他一起去追求嫣然才認識的嗎？時間一晃，單身的賈似道還是單身，失戀的阿三倒是找到一個新的女朋友了。

阿三白了賈似道一眼，嘴裏嘀咕著：「你又不是家長，有什麼好見的。」

「喲，都到了要見家長的地步了啊。」賈似道看著阿三，頗有些打趣地說：「你們的發展速度也實在是太快了吧？不簡單啊。」

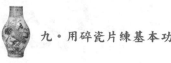

阿三沒好氣的揮了揮手，說道：「去你的，就知道瞎起哄。」

「我可告訴你啊，我這次可是認真的。你就等著喝喜酒吧。對了，紅包錢不能少了啊。你現在的身價可不一樣了，至少要比康建他們多出好幾倍來才行。要不然，到時候我把你掃地出門。」

「行。」賈似道答應得倒也爽快。忽然，他注意到旁邊的電視上正在放著的臨海新聞，昨天半夜有一個穿浴袍的女人在新城區被路過的幾個小混混打劫，差點被強姦，幸好員警把她給解救了。

賈似道的腦海裏驀然閃過一個婀娜的身影。看到螢幕上那個女子的畫面，雖然有些遮遮掩掩的，但賈似道從她的身高體型上看出和自己腦海裏的那個身影不太相像，這才算是鬆了一口氣。

邊上的阿三也注意到這條新聞，說了一句：「現在這年頭啊，什麼樣的女人都有。就說她吧，長得也算有幾分姿色，要是想安安穩穩地過日子，爭著娶她的男人估計都能從城東排到城西。不過，人家心裏總想著釣金龜婿呢。現在倒好，這麼一搞，差點還失身了……唉，這年頭的人啊，遇到一個合適的人真不容易。賈兄啊，我看你是不是也應該找一個了啊？」

和阿三分開之後，賈似道心裏還在琢磨著阿三所說的話。的確，想要遇到一

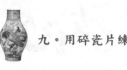

個合適自己的、又喜歡的人，實在是不容易啊。

倒是新聞中所報導的事，阿三以前就有所耳聞。這讓賈似道頗有些好奇，不由得追著問了一句。阿三當時詫異地看了賈似道一眼，隨口說了一句：「那些女人，長相都不錯，大多數是模特兒。只不過，心裏對自己的另一半要求比較高。尤其是在我們城東那邊，有了藍山社區之後……」

「藍山社區？」賈似道嘀咕著，這不就是自己住的那一片別墅區嗎？

「你該不會連藍山社區都不知道吧？」阿三不由得瞪大了眼睛看著賈似道。

賈似道沒好氣地說：「我當然知道了，那一帶都是別墅嘛。」心裏卻越發對自己今天沒有帶阿三去別墅感到慶幸了。

阿三搖了搖頭，說道：「對，那邊住的可都是富人。說白了，不是有錢的，就是有權的。」

「這些女人，只不過是在娛樂圈邊緣的人，看著有些風光，但實際上卻沒有多少前途。就趁現在年輕，想要憑藉自己的姿色，晚上在那邊出沒，尋找合適的對象。要是真被人給看上了，也算是麻雀變鳳凰了。」

賈似道聞言點了點頭，補充說了一句：「更多的可能，是淪為二奶吧。」

「那就要看自己的本事了。」阿三笑著說，「二奶三奶都是有可能的。但是，成功篡位的也不少啊。」

「只是，這麼穿著浴袍，也實在是危險了一點吧。」賈似道嘀咕了一句。

「這你就不知道了吧？」阿三笑著說，「藍山社區那邊地警衛巡邏遠要比我們這邊的古城區勤快。那些女人雖然穿著上暴露了一些，危險性增加了不少，但是這樣的穿著無疑更具有誘惑力。」說著，他還示意了一個只要男人都能明白的眼神。

賈似道也只能苦笑了，對這種香豔的誘惑，他可是深有感觸的。

第十章

高規格的賞寶大會

賞寶大會？賈似道心裏好奇。
這賞寶大會，以前阿三也跟賈似道提到過。
賈似道壓根兒沒想到他能夠有機會接觸。
現在又一次聽到周大叔說起來，
自然是想要問個明白了。

回到別墅之後，賈似道便給在省城杭州的李詩韻打了電話。對方的聲音，聽起來依然清脆動聽，似乎還有一種慵懶的味道，讓賈似道有些心猿意馬。再聯想到對方的美麗身姿，賈似道忽然發現，自己最近的控制力似乎越來越差了。

「李姐，你能不能幫我介紹好一點的安全門啊？最好是安全措施級別高一些的。」賈似道說出了自己的打算。本來，他還準備讓阿三聯繫的呢。畢竟，這方面的事賈似道可是兩眼一抹黑，什麼都不懂，但是有了下午的事情之後，賈似道卻不敢再去勞煩阿三了。

他必須等到從揭陽的翡翠公盤回來，再透露自己賺了不少。到時候即便阿三發現賈似道住進了藍山社區，估計也就沒什麼好說的了。

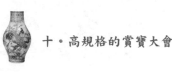

「小賈，你要安全門做什麼啊？防盜？」李詩韻先是地問了一句，隨即就想到賈似道提過的買房，然後咯咯一笑，說道：「你該不是買了房，對家裏的東西不太放心吧？」

「哪能啊。」賈似道摸了摸自己的鼻子，把自己買別墅的事情說了一下。當然，地下室用來放置收上手的貴重瓷器、翡翠，也順帶提了一下。這樣一來，李詩韻對於要幫忙的事情，也就有了大概瞭解了。她很爽快地答應幫賈似道聯繫，還提醒了一句：「你這樣的情況，光是裝一扇門，其實也不是很保險的。如果是用來存放翡翠原料的話，還是購置一套先進的保險櫃組合比較好。」

「好。」賈似道一邊答應著，一邊還下意識地點了點頭，隨後想起自己這邊的動作李詩韻也看不到，才微微尷尬地說：「那一切就拜託李姐了。」

「都喊我李姐了，我還能不幫你啊。」李詩韻嗔怪道。即便賈似道看不到李詩韻的神態，也可以想像出此時對方是如何地充滿誘惑，又聽到李詩韻說：「不過，你老姐這麼費心費力地幫你的忙，是不是有什麼好處呢？」

「好處？」賈似道還真沒想過能付出什麼樣的好處，「下次去省城請你吃飯？」這似乎是最尋常不過的好處了。

「那我可就記下了哦。」李詩韻俏皮地說了一句，掛了電話。

這邊的賈似道，卻可以感覺到自己為人處世的失敗。這段時間以來，自從在杭州見過面之後，賈似道沒有主動給李詩韻打過電話，甚至連一聲簡單的問候都沒有，實在是有些不太像話。

而且，現在一開口就是求人家辦事，賈似道掛上電話之後，不禁覺得有些臉紅。他暗自決定決心，下次再去杭州的時候，要再給李詩韻帶幾塊像樣的翡翠毛料過去，價錢上即便稍微壓低一些也無所謂。沒辦法，賈似道也只有在翡翠原料上還有著優勢了。

正這麼想著，電話又響了起來。一看是果凍打來的，賈似道便笑了一下，問道：「我說，小甜甜啊，該不是你小姨已經到上海了吧？」賈似道的心裏，可著實是惦記著這件事。不把這件事辦完，賈似道也有些抽不出空去揭陽了。

「小賈哥哥，我現在打電話就是告訴你，我小姨已經回國了。不過，她現在人在北京，沒辦法過來。答應你的事情，恐怕要過一段時間才能幫忙了。」果凍那甜甜的聲音，即便拒絕人起來，也充滿了甜蜜。

賈似道算是領教她的聲音了，她平時說話的時候都是這樣。這會兒，她覺得賈似道聽到消息之後可能會生氣，聲音不知不覺地就更有些發嗲了，聽得賈似道耳根都有些軟了。

「我說小丫頭，你就不能正正經經地說幾句話啊。」賈似道有些埋怨地說，倒不是他不喜歡這樣的聲音，而是看到果凍本人之後，覺得這樣的聲音和果凍的樣貌有些不太相配。

「小賈哥哥，難道我現在說話不正經嗎？」果凍有些生氣。

賈似道頓時無語，兩個人又在電話裏聊了一陣，現在正放暑假，果凍很清閒，但是又沒有什麼地方好玩的，想讓賈似道帶她出去買點古玩或者乾脆帶她去賭石。

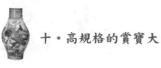

賈似道苦笑了一下，李甜甜最開始接觸到賭石，還是賈似道告訴她的呢。這麼短的時間內，她就產生了濃厚的興趣，不得不說，賭石這樣暴利的行業、刺激的體驗，對於年輕人來說，有很大的吸引力，也難怪有那麼多人前仆後繼，甚至為之傾家蕩產了。

想到這裏，賈似道來到地下室，拿起了切割機，對著巨型原石開動起來。上回只不過是切出其中的一條豔綠色帶，就花了賈似道不少的時間。這一次，更是用了兩天的時間，賈似道才粗糙地把三條豔綠的色帶全部都給切了出來。其中一條的體積，幾乎是另外兩條的總和。即便最小的一條，也要比賈似道帶去杭州的那一條更加粗長一些。

這讓賈似道欣喜不已。畢竟，只有色帶出現的部位，才是最容易變換成現金的。其他的無色玻璃種部分，價值和豔綠比起來，就有些不值一提了。

賈似道更加關心的是巨型原石的狀況。原本按照賈似道的猜測，尤其是豔綠色帶顏色的變遷，從最初露出來的部分來看，顏色還有些淺，隨著不斷深入而漸漸變深，賈似道覺得這些豔綠的色帶會直接和另外一端的帝王綠連接在一起。

但是現在當賈似道把巨型原石小端部分切割進去將近一米多的時候，卻發現，巨型原石的內部情況，完全和他的想像不同。

倒不是比想像中的差很多。畢竟玻璃種帝王綠部分的翡翠，賈似道曾用自己的左手探過，那厚度幾乎在半米以上，要是雕成一件大擺件的話，不要說工藝怎麼樣了，就是其稀有程度以及光是翡翠原料的價值，就能達到幾個億，完全是天價！面對這樣的翡翠原石，也難怪賈似道不敢把它示人了。

而一般的翡翠原石內部，除去綠色的部分，即便是滿綠的翡翠，周邊部分也大多不會太過純淨，少許雜質是難免的，甚至還會被大片的黑色、白色部分給侵佔了。現在賈似道開出來的巨型原石內部的情況，就是這樣。

切割出三條豔綠的翡翠色帶之後，赫然展現在賈似道面前的，已經不再是純淨的無色玻璃種了。這讓賈似道的心情頓時有些緊張起來。

眼前的白點，也就是草芯，甚至是白棉和黑點，暈散出去之後，就侵入了成片翡翠。既然已經出現了，現在最為重要的，就是要確定這雜質侵入的部分究竟有多厚。整塊巨型原石，小端這邊有一米多的豔綠色帶部分，另一端有半米多的玻璃種帝王綠翡翠，中間可還有著不少空間。

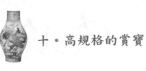

如果整個區域都是雜質的話，那麼這一大塊就完全廢了。

說起來，已經切割出來的豔綠翡翠，就足以讓賈似道欣喜若狂了。相對於賈似道的投入來說，這塊巨型翡翠原石讓賈似道的身價暴漲，中間這塊未知的部分，即便全丟了也無所謂。不過，人總是想要贏得多一些、再多一些。賈似道也不例外。

哪怕中間這部分是無色的玻璃種，甚至是冰種，只要雜質的含量不是現在從表面看到的這麼多，那可就都是錢啊。

剛才切割豔綠色帶的時候，賈似道就把巨型翡翠原石最外層的厚厚石質部分給剔除了，再把佈滿豔綠色帶周圍的無色玻璃種都給一塊一塊地小心切割出來。切割下來的這些無色玻璃種翡翠拿到市場上，也能值個幾十萬塊錢。

如果全部切成小塊的話，切割的速度會快不少。但是，切成小塊之後的浪費卻也讓人無比心疼，雖然賈似道現在有錢了，也不能糟蹋東西。賈似道花費了將近兩天的時間，就是保證自己獲得最大的利益。

賈似道把自己的左手放在翡翠原石上，注意力也完全地集中了，放開感知力，一點點地向原石內部探測。這部分給賈似道的感覺，其實也是翡翠的質地，甚至於在冰種之上、接近玻璃種的感覺，只是其中的雜質實在是太多了。

當初賈似道最先用特殊能力感知到這裏的時候，賈似道的精神力已經是快耗光了，腦海中的印象也不是很精確了，再加上中間隔著一米或者半米多的阻礙，難免有所失誤。因此賈似道這一次的感知力探測就分外小心。

隨著感知的漸漸深入，賈似道腦海裏出現的景象，似乎是在玻璃種冰種的質地中間，有那麼一些雜質夾雜在一起。這應該就是這部分原石的狀態了。

切割的時候，賈似道注意到，他的特殊能力對於翡翠的切割和雕刻工作來說是如虎添翼的。就像在切割豔綠色帶的時候，只要賈似道稍微用自己的特殊感知能力試探，就斷然不會把成塊的豔綠翡翠給切垮了。

如果換成是其他的賭石行家，在切割之前，還需要多方位地察看，確定其內部翡翠色帶的大致走向，才能動手。這就是特殊感知能力的優勢所在啊！

只不過在巨型翡翠原石的感知上，出現了中間部分的感知失誤，卻讓賈似道有些惱火。說起來，這是賈似道自己的精神力不夠的原因。

一邊察看著原石內部的景象，一邊做著自我檢討，賈似道正有些惴惴不安的時候，那種雜質遍佈的感覺漸漸消失了，出現了賈似道最為熟悉的石質，而且還不是一點點，壓根兒就是成片的。

莫非這塊巨大的原石，一開始就是由兩塊翡翠原石組成的？期間經過一些奇特的地質變化，才把這兩塊原本不是生長在一起的翡翠原石結合到了一起？

如果這個假設成立的話，那麼先前所有的情況一下就變得順理成章了，賈似道的心中也豁然開朗。

賈似道又小心地去感受了一下，這突然出現、橫亙在巨型原石中間的這一層石質部分，竟然還比較厚，足有幾十釐米。要是出現在其他的小型原石上的話，無疑會影響原石毛料的外在表現。就是有人看到了，也不會出太高的價錢去賭。

畢竟，表皮越厚，其中出現翡翠的機率越低。賭石的人，往往都是根據原石的場口、外表皮的表現來決定要不要出手的。

隨著賈似道的特殊感知力逐漸地滲透進去，那厚厚的石質部分開始出現一些細微的變化，似乎是兩種稍微有些區別的石質互相交錯著。畢竟，石頭與石頭之間，也是有著些許區別的。

就像翡翠原石最外層的表皮，在大多數情況下，都是各不相同的。除非是同一個地方，開採出的原石，表皮上才有可能比較相近。

只不過這樣的區別，在賈似道的特殊能力感知之下，雖然隱約可以察覺到，卻比較微小。不要說是賈似道的感知力了，如果簡單地肉眼察看的話，恐怕一點兒差別也看不出來吧？除非是石質部分的顏色不同，那就另當別論了。

感知力再深入一些，出現在賈似道腦海中的感覺再度變成了有雜質的翡翠。此外，讓賈似道印象深刻的是，這部分的翡翠質地完全是玻璃種的。

隨後，賈似道的感知力暢通無阻地到達了玻璃種帝王綠的那一部分。中間有部分比較純淨的翡翠，但是塊頭不大，偶爾出現的雜質倒是雜亂無章。

這麼一來，賈似道的猜測，又被很好地證實了。這大自然的造物能力，果然不是可以揣測的啊。這兩塊不同的翡翠原石結合在一起，又被最週邊的一層石質包裹，才形成了現在的樣子。這種情況，實屬少見。

賈似道剛開始準備去賭石的時候，就查過資料，含翡翠的礦脈一般呈環帶狀構造，而且礦脈中心部分是硬玉單礦物翡翠岩，岩層一般厚達到三米。它的外貌很像白砂糖般的大理石，有時白色的質地上會雜亂地分佈有各種顏色的斑點和色帶。假如斑點是片狀的，也就是說這一大片礦體翡翠岩中有許多同色斑點的話，才會可能形成幾塊幾乎非常類似的翡翠原石。礦脈裸露的時間非常久遠，當地底下帶酸性的地下水和雨水長期浸泡、侵蝕，礦石質地粗鬆的部分被風化和腐蝕，漸漸留下的就是硬玉了，也是翡翠。

而那些斑點狀，決定了開採時翡翠原石成了一小塊的。如果這個礦區出現質地上佳的斑點狀原石，大多數時候，不會僅僅只有一塊兩塊，會有十幾塊，甚至幾十塊之多。

當然，巨型原石這麼大的體積，尤其是其中包裹著兩塊翡翠原石，這樣形成的原因，就不是賈似道能知道的了。但是，購買這塊巨型原石的時候，周老闆不是說過了嗎，在開採出這塊巨型原石的同時，可還有著一塊當場就被礦主叫價八千萬歐元的翡翠原石呢。

賈似道心裏琢磨著，要是這塊巨型原石的帝王綠部分，只要稍微裸露出一些在表皮部分，在沒有完全切割開之前，也應當能賣出八千萬、甚至上億歐元吧。

等賈似道把剩下的邊角料全部切割出來之後，已經是第三天了。

這三天裏，賈似道幾乎足不出戶。準確地說，就是整天待在地下室裏幹活，餓的時候就叫外賣。

整塊巨大的翡翠原石，已經被賈似道大刀闊斧地切割了一大半，除去玻璃種帝王綠翡翠那一部分，還包裹著大部分的原石外表皮沒有切開以外，其他部分都已經完全地解剖開來了。

含雜質非常多的玻璃種翡翠，賈似道猶豫再三，還是決定把它們整塊切割下來，準備賣到「周記」去。在臨海這樣的地方銷售翡翠，幾百到千元這個檔次的成品是最容易出手的。而用玻璃種翡翠來製作，哪怕質地上稍微差一些，應該也還算是很不錯的選擇。

這麼一來，賈似道再看著這些點綴其中的草芯、白棉，總算是露出了笑容。

至於那些無色的玻璃種，賈似道掂了一下分量，感覺還挺沉的。要是全部集中在一起的話，賈似道一個人肯定是提不起來的，就把它們隨意地放在地下室裏。

三條豔綠的色帶，被賈似道給切割成了六段，全部存到銀行裏。反正最終都是要全部出手的，而且即將和王彪做交易的翡翠也在這裏面，到時候直接帶他到銀行去取就可以了，倒是免去了再回一趟別墅的麻煩。

不過，賈似道也知道，地下室的防盜措施，還要儘快進行。帝王綠翡翠這部分，因為沒有切割開來，真遇到了盜賊，一兩個人也是搬不走的。那塊瑪瑙樹也一樣，暫時存放在地下室裏倒也不用太過擔心。但長遠來說，這別墅的保安措施相對於賈似道地下室中存放的東西的價值而言，卻實在是還有些不夠。

在浴室裏好好地泡了一個澡，徹底地放鬆了一下，賈似道才給周大叔去了電話，約好了時間，把準備好的翡翠給拿到了「周記」那邊，周大叔還對賈似道贊了幾句，尤其看到賈似道送過來的翡翠成色之後，雖然不佳，卻正是他需要的。如果賈似道給周大叔送去豔綠的玻璃種翡翠，恐怕他也很難儘快出手，反倒會造成資金周轉不靈。

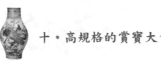

賈似道不是去古玩街那邊的「周記」，而是去原先租下來的城東的加工廠。

賈似道看到裏面的工人正幹得熱火朝天。人員不多，工作量卻不小，一切都進行得井井有條。廠房的周邊已經堆放了不少原料。

賈似道無意中看到一塊雞血石，上面的紅色部分非常鮮豔，而且體積也比較大，哪怕現在還沒有進行雕琢，已經盡顯它的風采，他看著很喜歡。

賈似道自然要問一下了。不過，周大叔很不好意思地說，東西還沒來得及加工，就已經被人定下了。畢竟臨海就這麼大一點地方，要是有了什麼好東西，就很難瞞得住。玩古玩的人，消息可都靈通著呢。

賈似道只能是一臉鬱悶了，他不死心地問了一句：「對了，周大叔，既然你能得到這塊表現上佳的雞血石，是不是還有其他類似的呢？」

「其他的？」周大叔苦笑著說，「你以為雞血石是大白菜啊。」他指了指靠近廠房的一個角落，說道：「雞血石的原料都在那邊，你可以去看一下，那邊的石頭都還沒出手。」

賈似道蹲下身看了看，卻沒有什麼特別好的料子，很多都是邊角料。

看到賈似道的失望，周大叔跟在後面解釋了一句：「不是自己去賭的話，想要遇到好的料子還是比較困難的。再說，即便遇到了，我也不能把資金都押在雞血石上。」

賈似道點了點頭，不由得歎了一口氣。周大叔說的自然是大實話。賈似道又問：「不過，那邊那塊……」

「我忘記小賈你是剛入行的了。」周大叔似乎想起了什麼，一臉笑意，對賈似道說：「那塊石頭，本來我也沒有膽量花大價錢收進來的，成本實在是太高了。不過，有個大主顧前一陣放出過風聲，說想要這麼一塊東西，我就賭了一把。結果……」

看著周大叔那眉開眼笑的樣子，不用繼續說，賈似道也能明白了。這一轉手，恐怕周大叔賺了不少。越是好東西，只要能出手，所賺取的利潤也越高。

「不過，這樣的機會實在是太難得了。要不是剛巧碰到了賞寶大會，這些東西出手也不會如此順利了。」周大叔感歎著說，話裏透露出一些資訊。

賞寶大會？賈似道心裏好奇。這賞寶大會，以前阿三也跟賈似道提到過。只不過那會兒的賈似道，壓根兒就沒有想到他這樣的一個新手能夠有機會接觸，也就沒放在心上了。現在又一次聽到周大叔說起來，自然是想要問個明白了。

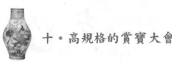

「周大叔，這賞寶大會，究竟是個什麼樣的大會啊？是不是一些收藏愛好者，大家把自己的藏品拿出來，然後互相交流？」賈似道問。

周大叔淡淡一笑，說道：「那的確是收藏界的一次聚會。不過，可不僅僅是大家交流一下這麼簡單。」他看著賈似道很好奇的目光，也不再矜持，笑呵呵地自嘲了一句：「不要說是小賈你了，就是我也沒有那個實力到賞寶大會上一展身手啊。」

「哦？這麼高規格？」賈似道一愣，雖然自己的藏品被周大叔低估了，賈似道卻一點也不在意。「周記」二樓上的幾件東西，他是見到過的。如果以這樣的實力，還沒有機會參與的話，那這個賞寶大會，恐怕還真不是一般藏家之間的交流這麼簡單了。

「倒不是規格很高。」周大叔指了一下那邊的雞血石，說道：「就拿那塊東西來說吧，它就是有人為了這次的賞寶大會特意定的東西。如果單就其價值而言，你周大叔我拚了老底的話，還是能夠拿出一兩件同一級別的來，不過……」

「是不是還需要一定的人脈，要一個有分量的人介紹，才能去參加？」賈似道問。在收藏圈子裏，尤其是一些有歷史的品評大會，是非常講究人脈的，同時也非常講究出身。

說白了，收藏一行玩的就是資歷。像阿三這樣，有衛二爺這樣在收藏一行比較有名氣的長輩，如果想要參與這些聚會，自然要比賈似道這個新人方便很多。不過，在賈似道問出口之後，忽然想起來，周大叔也是衛二爺的記名弟子呢。這樣的身分，如果還不夠資格的話，那整個臨海，恐怕還真沒幾個人能參加這個賞寶大會了。

「呵呵，人脈只是其中的一個方面。究其原因，這次的賞寶大會並不是市井上的普通聚會，而是整個浙江地區的商人之間的聚會。」周大叔說道，「像你周大叔我這樣只是在臨海開了個小店的，自然是不夠資格去了。」

「不是臨海地區的？」賈似道眉頭一皺。

「當然不是了。」周大叔頗有些驕傲地說，「如果是臨海地區的話，還能落下了我？」那話裏很有自信。

「說起來，臨海本地也舉辦過類似的賞寶大會，不過只是舉辦了幾次而已。畢竟大家能拿得出手的東西，每次也就是那麼幾件。偶爾有些吸引人目光的，也是少數，還算不上太高的規格。幾年下來，大家的興致也就淡了。」周大叔歎了一口氣，「咱臨海這樣的地方，還是太小了……」

「對了，周大叔，這雞血石的主人是誰啊？」剛才周大叔一直沒有說到過這個人。雖然知道這樣的賞寶大會自己是沒有機會參與了，但是聽了周大叔的解釋之後，賈似道心裏卻蠢蠢欲動起來。即便周大叔不能參加，要是能結識其他可以去參加的人，對於賈似道來說，也是個不錯的際遇。一來能開開眼，二來，還能結識收藏一行的商人，如果這其中還有翡翠一行的商人的話，賈似道勢必會更加如魚得水。

也許是猜到了賈似道的心思，周大叔讚賞地看了賈似道一眼，說道：「這雞血石的主人，你應該不太可能認識，就是我和他也不是很熟。咱臨海也不是沒有人去參加這次的賞寶大會，要是小賈你真有心的話，還真有這樣的機會。」

「哦，怎麼說？」賈似道好奇道。

「你最近都是在玩賭石吧？」周大叔先扯開話題說了一句，見賈似道點頭，才笑著說：「翡翠最近幾年的漲勢可是非常驚人啊，在我們臨海，不就有一個玩翡翠的行家嘛。」

「你是說天啟珠寶的楊總？」賈似道一經周大叔提醒，立即想起了在雲南遇見的楊總。事後，賈似道找過他的資料，在網路上就可以看到很多。在臨海來說，他的「天啟珠寶」是個響噹噹的品牌了，即便是在浙江一帶，也頗有名氣。

只不過，對於楊啟這個人，賈似道的心裏總覺得不是很投緣，也不知道是不是看到他曾經和寧波的金總一起在嫣然面前獻媚的緣故。再看周大叔的表情，一副認可的樣子，賈似道便知道自己猜對了人，臉上也沒有流露出興奮的神情。要他去和楊啟搞好關係，並借此去參加賞寶大會，賈似道的心裏實在覺得很彆扭。

和周大叔告別之後，賈似道的心裏還在琢磨著這件事。好在賞寶大會並不是近在眼前，至少也是賈似道去揭陽的翡翠公盤回來之後的事了。船到橋頭自然直，事情還沒有臨近呢，賈似道也就不去管它了。而且，現在這時候，即便是他想要去管，恐怕也沒有時間了。

剛回到別墅之後，賈似道就接到了王彪的電話，說他人現在已經到了臨海。這樣的速度，足以表現出他的誠意。按照賈似道的預計，王彪還要在三五天之後才會到臨海呢。

因為，如果現在這個時候王彪就來到了臨海，哪怕和賈似道做成了交易，兩個人去揭陽那邊也早了一些。

賈似道到了汽車站見到王彪，對方並未顯得風塵僕僕，對商人來說，這樣全國各地到處跑，已經成為習慣了。互相問了好，再由賈似道安排，王彪到了臨海比較出名的國際大酒店住下，然後一起吃了飯，那是少不了的。

晚飯過後，兩個人也沒有客套，就直接商談起來。反正都算是老熟人了，王彪還耐得住性子，賈似道卻沒有這麼多講究，和他說起了翡翠明料的情況。

這一回，賈似道把翡翠的質地、大小、水頭很詳細地介紹出來，聽得王彪越來越吃驚。

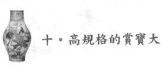

賈似道的嘴角不知不覺地掛上了一絲微笑，微微有些得意。要知道，這樣品質的翡翠原料，以及可以切出完整手鐲的數量，都不是經常能見到、乃至能擁有的。以王彪經營翡翠生意十幾年的經驗而言，這樣品質的翡翠手鐲，雖然擁有過而且還出手過，但是，如果賈似道所描述的這麼大塊原料，那可是可以切出十幾二十副玻璃種豔綠手鐲的啊，也難怪王彪心裏的驚訝都表現在臉上了。

王彪臉上的驚訝漸漸消失，轉而現出了滿臉驚喜，甚至恨不得立即讓賈似道領著去看貨。

在價錢上，王彪也滿口答應，只要見到了貨，東西對的話，王彪準備收下來，那是肯定的。王彪伸出了一隻手比劃了一下，賈似道略微一沉思，就點了點頭，兩個人相互擊掌慶祝。

五千萬！

當然，這裏面有第一次交易，王彪想要儘快和賈似道搞好關係的因素，王彪並沒有太狠下心來砍價。從和賈似道的交談來看，賈似道自己並不具備銷售翡翠成品的條件。那麼，作為一個玩賭石的人，賈似道一旦手頭擁有了翡翠原料之後，自然是需要出手的。南邊有一個劉宇飛和賈似道的關係不錯，那是明擺著的事情，至於其他人，王彪不太清楚都還有誰，但是，賈似道的客戶絕對不會只有他王彪一個，那是肯定的。

只有第一次交易的時候，讓賈似道滿意了，王彪自己又能收穫不少，這五千萬的價格，便是王彪的一個試探了。

大家都是這一行的人，東西擺在眼前，究竟能值多少錢，大家心裏都有數。做生意自然是要讓雙方都有賺頭，這樣的交易才能長久。

賈似道也說了，那些翡翠原料是存在銀行裏的，現在已經是晚上了，想要立即取出來是不可能的。賈似道便帶著王彪去了康建的娛樂城，消遣了一陣子。所有的消費，他一個人全包了，算是盡地主之誼。要是在平時，對於這樣的消遣方式，賈似道自己並不喜歡，但畢竟要做生意，此類娛樂卻也是必需的。賈似道不是那種古板的人，看到王彪微笑著點頭的樣子，賈似道心裏也只能感歎一下了。

「我說小賈你今天怎麼會主動到我這裏來呢，原來是帶朋友過來啊。」康建聽服務員說賈似道到來之後，就匆匆地趕了過來。賈似道以前沒少來這邊，而且都是康建領著過來的。對於這樣的人，服務員比較上心。

「怎麼樣，要不要好好招待一下你啊？」康建對賈似道打趣道，賈似道沒好氣地把手搭在康建的肩膀上，勾肩搭背地進了康建的辦公室。只要來了這邊，康建總會找各種機會把娛樂城裏的女子往賈似道身邊帶。說白了，還不是怕賈似道單身生活寂寞？不光是康建，阿三也是這樣，用他們的話來說，那就是肥水不流外人田！賈似道都已經習慣了，也由他們去鬧。

「對了，小賈，那個人是誰啊？有點面生啊。」康建一臉諂媚地笑著，說道：「看上去應該是北邊的人吧，怎麼樣，家底豐厚嗎？」

「行了，你就別打他的主意了。人家不過是路過臨海而已，不會在這邊長期待著。」賈似道知道，康建無非是想要多招攬一些顧客。

「那可說不準的。」康建一臉自得地說，「我這裏的小姐，伺候人的功夫，絕對是一流的，不要說是在臨海了，就是在整個浙江，都屬於這個……」說著，康建豎了豎自己的大拇指。結果自然是惹來賈似道的一個白眼。

康建也不在意，接著說道：「只要讓客人感覺舒服了，即便不是臨海人，下次一日他們經過臨海，那可都是回頭客啊。」

「看來，你在這個經理的位置上，越做越如魚得水了啊。」賈似道看著康建，頗有深意地說。

「我這不是為了生活嘛。」康建一臉討好地說，然後小聲嘀咕道：「你總不至於，老是抓著這一點，去打小報告吧？不夠兄弟啊……」

「我才懶得管你們呢。」賈似道笑著說。康建的事情，賈似道是再清楚不過了，他在大學裏就喜歡一個女孩子，即便到了現在也都還喜歡著呢。只不過，人家並沒有看上他，尤其不喜歡風月場所。要是知道了康建幹的工作，恐怕就真的一點戲都沒有了。

兩人胡亂扯了一陣，賈似道拜託康建好好照顧王彪之後，便獨自回別墅了。說不上落荒而逃，卻總有些不自在的感覺。

實在是整個娛樂城裏的氛圍太濃郁了。哪怕是坐在康建的辦公室裏，賈似道同樣可以感受到靡靡之音肆無忌憚地縈繞在耳邊，揮之不去，撩人心懷。直到出了娛樂城的大門，感受著習習涼風，有那麼一絲涼爽的感覺，然後坐進了計程車裏，賈似道的腦袋還有些暈乎乎的，自己還真不太適應這樣的生活方式。

賈似道下了計程車後，步行進入了藍山社區。

這個晚上，賈似道除了和王彪討論翡翠的時候還有些興致，此後就一直處在迷迷糊糊的狀態。賈似道也不知道自己這究竟是怎麼了。難道春天到了？這會兒，還正是夏天呢。

賈似道苦笑一下，有些意興闌珊地走向自己的別墅。心裏琢磨著，既然都有房子了，那麼，下一步是不是該買一輛車了呢？當這個念頭忽然浮上心頭的時候，賈似道拍了一下自己的大腿，嘴裏嘀咕了一句：「就買輛奧迪吧。」

回到別墅之後，洗漱完畢，賈似道一時間也睡不著，想要找個人聊天吧，又沒什麼特別的對象，只能在網上瞎逛。在「天下收藏」論壇裏，賈似道也算是個老手了，尤其是翡翠這一塊，接觸過了不少翡翠成品，這會兒再看到這些論壇上的翡翠擺件，還是能估算出價格的。

即便是偶爾才出現在論壇上的翡翠原石，賈似道心裏也能有數。閑得發慌的賈似道時常在帖子後面跟上幾句，發表一下評論，倒是讓「小賈」這個名字的人氣在論壇中直線上升。

剛一上線，就有不少的站內私信。有詢問的、討教的，也有交流的，乃至請他欣賞剛拍出來的翡翠成品照片的，都讓賈似道感覺到這個網路世界很有真實感。一一看過私信後，該回覆的都回覆了，還收藏了幾張翡翠成品的照片，尤其是其中的一枚紫色翡翠胸針，看上去分外搶眼。用行話來說，看過即是擁有。

畢竟世界上好的翡翠太多了，又大多被私人收藏，想要全部擁有，那無是癡人說夢。賈似道把照片保存下來，也算是有個念想了。不過，最讓賈似道上心的，卻是一個名叫「妞妞」的網友，給賈似道發了一張「翡翠白菜」的照片……

請續看《古玩人生》之三 瞞天過海

【附錄】

兩岸主要古玩市場·市集地址

台灣古玩市場·市集地址

台北市建國假日玉市：北市仁愛路、濟南路及建國南路高架橋下

台北市光華假日玉市：新生北路與八德路口

台北市三普古董商場：台北市新生南路一段十四號

台北市大都會珠寶古董商場：台北市中山區松江路二九一號地下一樓

新竹市東門市場：新竹市東區中正路一〇六號

台中市立文化中心周遭：英才路、美村路、林森路、公益路、金山路和民生路等地段

台中市第五期重劃區：大隆路、精明一街、精明二街、東興路和大業路等地段

彰化：彰鹿路

高雄市：廣州街、廈門街、七賢三街、中正路、大豐路等

大陸古玩市場．市集地址

北京古玩城：北京市朝陽區東三環南路廿一號

北京潘家園舊貨市場：北京市朝陽區華威里十八號

上海國際收藏品市場：上海市江西中路四五七號

天津古物市場：天津市南開區東馬路水閣大街三十號

天津古玩城：天津市南開區古文化街

重慶市綜合類收藏品市場：重慶市渝中區較場口八二號

廣東省深圳市古玩城：廣東省深圳市樂園路十三號

廣東省深圳華之萃古玩世界：廣東省深圳市紅嶺路荔景大廈

江蘇省南京夫子廟市場：江蘇省南京市夫子廟東市

江蘇省南京金陵收藏品市場：江蘇省南京市清涼山公園

浙江省杭州市民間收藏品交易市場：浙江省杭州市湖墅南路

浙江省紹興市古玩市場：浙江省紹興市紹興府河街四一號

福建省白鷺洲古玩城：福建省廈門市湖濱中路

福建省泉州市塗門街古玩市場：福建省泉州市狀元街、文化街及鐘樓附近

河南省洛陽市西工古玩市場：河南省洛陽市洛陽中州路

河南省洛陽市潞澤文物古玩市場：河南省洛陽市九都東路一三三號

湖北省武昌市古玩城：湖北省武昌市東湖中南路

四川省成都市文物古玩市場：四川省成都市青華路三六號

遼寧省大連市古玩城：遼寧省大連市港灣街一號

遼寧省瀋陽市古玩城：遼寧省瀋陽市瀋陽故宮附近

黑龍江省哈爾濱市馬家街古玩市場：黑龍江省哈爾濱市南崗區馬家街西頭

吉林省長春市吉發古玩城：吉林省長春市清明街七四號

山東省青島市古玩市場：山東省青島市昌樂路

河北省石家莊市古玩城：河北省石家莊市西大街一號

山西省平遙古物市場：山西省平遙縣明清街

山西省太原南宮收藏品市場：山西省太原市迎澤路

陝西省西安市古玩城：陝西省西安市朱雀大街中段二號

安徽省合肥市城隍廟古玩城：安徽省合肥市城隍廟

甘肅省蘭州古玩城：甘肅省蘭州市白塔山公園

雲南省昆明市古玩城：雲南省昆明市桃園街一一九號

江西省南昌市滕王閣古玩市場：江西省南昌市滕王閣

貴州省貴陽市花鳥古玩市場：貴州省貴陽市陽明路

湖南省長沙市博物館古玩一條街：湖南省長沙市清水塘路

古玩人生 之2 古玩炒手

作者：鬼徒
發行人：陳曉林
出版所：風雲時代出版股份有限公司
地址：105台北市民生東路五段178號7樓之3
風雲書網：http://www.eastbooks.com.tw
官方部落格：http://eastbooks.pixnet.net/blog
Facebook：http://www.facebook.com/h7560949
信箱：h7560949@ms15.hinet.net
郵撥帳號：12043291
服務專線：(02)27560949
傳真專線：(02)27653799
執行主編：劉宇青
美術編輯：許惠芳

法律顧問：永然法律事務所 李永然律師
北辰著作權事務所 蕭雄淋律師

版權授權：蔡雷平
初版日期：2016年9月
初版二刷：2016年9月20日
ISBN：978-986-352-366-6

總 經 銷：成信文化事業股份有限公司
地　　址：新北市新店區中正路四維巷二弄2號4樓
電　　話：(02)2219-2080

行政院新聞局局版台業字第3595號 營利事業統一編號22759935

定價：280元　特價：199元

國家圖書館出版品預行編目資料

古玩人生／鬼徒 著. -- 初版-- 臺北市：風雲時代，
2016.08 -- 冊；公分

ISBN 978-986-352-366-6（第2冊；平裝）

857.7　　105012837